La piel del secreto

La piel del secreto

Círculo rojo – Relatos
www.editorialcirculorojo.com

Primera edición: octubre 2012

Editorial Círculo Rojo.
www.editorialcirculorojo.com
info@editorialcirculorojo.com
Colección Relatos

Edición: Editorial Círculo Rojo.
Maquetación: Juan Muñoz Céspedes
Fotografía de cubierta: © Iván Casuso
Cubiertas y diseño de portada: © Luis Muñoz García.

Impresión: PUBLIDISA.

ISBN: 978-84-9030-362-7

DEPÓSITO LEGAL: AL 807-2012

IMPRESO EN ESPAÑA – UNIÓN EUROPEA

La llegada de Héctor

Antonia Bocero

Al parecer la llegada de Héctor no era casual: intentaba curarse, en una pequeña capital de provincias, de ciertas experiencias traumáticas; "aunque de todo aquello -señalaba-, si queda algo, tan sólo es un cierto temor a mí mismo; un temor, eso sí, que en los dos últimos años me ha llevado de un lado para otro sin el debido control...". También era su intención dar por finalizado un antiguo proyecto sobre urbanismo y arquitectura popular, al que no veía solución, y aquí esperaba hallar la información y el sosiego necesarios para darlo por concluido.

Cuando esto sucede mis días transcurrían serenos en una localidad de pendientes suaves, de sol radiante todo el año, y dado a celebrar, en plena canícula, sus fiestas populares, lo cual me exasperaba, por absurdo, ya que las otras estaciones del año son de una inalterable primavera. Ha pasado tiempo, pero aún recuerdo cómo cada año, cuando se aproximaban esas fechas, sufría el temor de que algún compromiso me obligase a adentrarme en su caliente y húmeda asfixia, y verme obligado a participar de sus charangas y panderetas. Si bien -tal vez por lejanos recuerdos de la niñez- sus fuegos artificiales me excitaban felizmente y no me los perdía: caía la tarde, y desde mi jardín de cactus veía como el horizonte se iluminaba creándose un espectáculo fascinante que provocaba en mí un sinfín de sensaciones poéticas, que luego recreaba en pequeños relatos para ser leídos más tarde como si fuesen de otro; y eso me agradaba, pues aliviaba el tedio de vivir en un lugar donde las novedades de toda índole se hacían rogar. Esa tarea, o juego mental con la literatura, no era sino una manera de dotar a mis días de algún elemento exótico, que ayudase a no caer en un *spleen* que amenazaba un día sí y otro también con ser mi inseparable amigo; al menos así lo entendí años después.

Ahora pienso que por su número aquellas narraciones habrían podido conformar un par de libros, pero nunca intenté su publicación, más que nada por no adentrarme en caminos que intuía espinosos, pues en cada una de ellas aparecían asuntos demasiado personales, y con el agravante de que algunos personajes no eran precisamente de ficción, sino tomados del entorno familiar. Como sucedía con la tía Berta, toda ella desmesura aún a los setenta, y con un patrimonio heredado realmente importante; hija única y soltera, disponía de todo el tiempo del mundo y de un gran ingenio, dos factores que le habían permitido convertirse en un personaje múltiple, dispuesto a recrear su vida y la de los otros en escenas teatrales. Era del común saber en la urbanización donde vivía que cada día de la semana ejercía de una persona diferente, dejando los martes para ser ella misma: aquella que, tras fallecer sus dos perritos ("mis hijos", decía), no fue consolada por la familia, y tuvo la valentía de comunicarles que los había desheredado a favor de la ONG "Can", los únicos que la consolaron y participaban del compromiso -llegado el día de su fallecimiento- de unir sus cenizas a las de Ceres y Tor, y esparcirlas en un lugar que ni tan siquiera a mí, que actuaba de confidente, me comunicó. En fin, situaciones y anécdotas que me dieron para unos cuanto relatos.

Años más tarde sí publiqué poemas y artículos de opinión, pero bajo seudónimo, porque pensaba que al fin y al cabo lo importante era vivir *en* escritor, *en* pintor, en lo que cada uno siente ser, aunque todos lo ignoren. Además este proceder -me decía- otorga al acto creativo -u oficio de escritor- una emoción diferente, más íntima, y evita la fatiga psicológica de darte a conocer, con la merma de libertad que esa situación debe conllevar. Por otro lado, nadie sospecha, cuando aparentas estar alicaído, que en realidad vives horas de plenitud junto a unos personajes que te ofrecen lo que el mundo te niega; y ello me atraía y me era necesario, pues aunque posado en la zona donde la melancolía hace daño, mi yo 'ave', tenía la esperanza de que el ciclo cambiase, y para cuando llegara ese momento necesitaría estar libre de apegos y obligaciones y poder nacer de nuevo, si ello era posible… Nacería sin nombre y todo habría sido una farsa, formulada en algún relato. Hoy estos puntos de vista no son tan cerrados, pero algo de razón creo que me asistía.

Pero sigamos. Mis días, ¿he dicho serenos? Bueno…, transcurrían resignadamente apacibles, "que no es poco en un mundo tan convulso", como te dirían aquellos conocidos que ni en broma te dan una sola vez la razón; y que perfectamente pueden ser los mismos que intentando 'ser amables' te hunden en la miseria la mañana en que al franquear la puerta de tu casa te sueltan un: "qué bien se te ve hoy", o "no sé lo que haces pero últimamente te veo genial". "Sigue así" ¿Y ayer, y la semana pasada, me veías mal…? No suelo responder a este tipo de amabilidades: ¡la educación nos priva de tantos placeres! Si bien un día -aunque referido a otro asunto- sí me atreví con uno de estos impertinentes; fue cuando cerré la academia de idiomas -dirigí una-, y un vecino quería saber del tema más que yo, por lo que siempre que me avistaba aceleraba la marcha hasta alcanzarme y, como si hubiéramos dejado una conversación pendiente, me resoplaba en plena cara, un: "¿y entonces como fue…, qué pasó con…?", obligándome a detenerme en seco allí donde me alcanzaba. Como pude fui capeando al personaje durante un tiempo, pero en uno de aquellos atracos mi paciencia llegó a su límite y en tono 'amable' y cambiando el tú por el usted, le solté a la altura del hombro: "pues entonces sucede que ni usted es un periodista de la prensa social, ni yo un famoso, para que cada vez que me aviste me acerque el micrófono a la boca". Un silencio importante se adueñó de la escena y cada uno continuó su camino, y ya casi nunca más volvió a las andadas, y digo 'casi' porque el cotilla es contumaz y, como el pasado, siempre vuelve.

De nuevo me desvío del tema. Es lo que tiene la edad: se van acumulando imágenes, palabras, miradas, dolores en el pecho de esos que no te dejan respirar, y que de pronto aparecen y toman posesión de ti sin que nada puedas hacer…

Sí, realmente los días trascurrían pesados y lentos, como lo era viajar fuera de aquella tierra: el tren no recorrería en menos de dieciséis horas los quinientos Km. que la separaban de la capital del país, y ocho necesitaba el autocar para llegar a la ciudad más cosmopolita de la región. Por aquella endiablada carretera los vahídos no daban tregua; lo recuerdo perfectamente. Tomé aquel bus en dos ocasiones (con numerosas monjas dentro, y al igual que yo sin antídoto contra el mareo), y en ambas, en cada una de sus paradas, sólo me asistía el ánimo de buscar la palabra pensión, hotel, o lo que fuese para quedarme allí hasta reponerme, si ello era posible, dado el quebranto físico que experimentaba mi cuerpo durante el viaje. Aseguro que salir de aquel entorno, cercado por mar y tierra, resultaba complicado, y más para un indolente confeso como yo. Era muy consciente de que un día me bajé del tren llamado futuro, y lo perdí.

A ratos me animaba: "haz un esfuerzo y ve tras el mundo que añoras: allí están los museos, los teatros, las grandes librerías y las calles anchas y plagadas de travesías por las que perderse un domingo por la mañana hasta llegar a un lugar, tal vez inhóspito, o tal vez acogedor, pero al que nunca hubieras llegado antes": ciertamente, la gran ciudad y la aventura humana de ir siempre un poco más allá, me eran necesarias. Había un consuelo en esa tierra de lejanías, y era el mar; el mar, siempre ahí, frente a uno, respirando por ti cuando más lo necesitas. Vivía junto a un mar teñido de azul que va y viene, como todos; que trae y lleva, como todos, pero sin escapatoria posible para mí. La vida, sin darme cuenta, me había ido regalando un arsenal de barquitos varados. Y frente a mí, recordándomelo tozudamente, Cabo Rojo, con su faro: él, adentrado en el mar, contemplándolo todo y como a punto de partir, pero al igual que yo, quieto en su destino.

Sin embargo, Héctor, europeo de nacimiento y americano de adopción -como él se presentaba-, llegaba de esa libertad en la que te acogen los grandes edificios de Wall Street, con sus librerías, cafés y teatros, con una humanidad perteneciente a todas las culturas y "ojos de conocer perfectamente su hábitat" -aclaraba Héctor. Él presumía de tener un perfil psicológico que le permitía tener feeling con cualquier americano: "Me siento bien -comentaba- con los habitantes de Nueva York, Los Ángeles o Chicago, y esa cualidad, en los comienzos de mi carrera -Licenciado en Arquitectura Orgánica-, me fue útil para mi vida laboral, pues me adaptaba bien a las necesidades de los habitantes de esos entornos. Siempre que no me obligasen a ir en contra de la naturaleza, porque atacar la naturaleza nos traerá consecuencias graves y lo veremos pronto en forma de desastres que llamaremos naturales; estamos dejando al capital que disponga del único lugar que tenemos para vivir. He construido casas absolutamente confortables con tan sólo barro y algo de paja. Las posibilidades son infinitas", afirmaba. "Pues llegas a un lugar -le aclaré- donde la palabra que más se oye en sus ayuntamientos es 'recalificación del suelo'. Ya habrás visto cómo los edificios construidos cerca del mar, en realidad lo están sobre la misma playa, destrozando entornos paradisíacos". Estábamos de acuerdo en estos temas, y conversar con él era una bocanada de aire fresco.

Conocerle fue lo mejor que me pudo suceder en aquellos días. En seguida observé que él no parecía tener problemas en hablar de todo y con naturalidad; mientras que yo medía todas mis palabras: es el tributo que debía pagar por vivir en una ciudad pequeña, me decía a mí mismo para disculpar mi proceder, que era exagerado, pues no sólo medía mis palabras, sino que en público omitía nombrar a los conocidos por su nombre, ya que era muy posible que el referido, o un familiar o un amigo, anduvieran muy cerca; mi relación con el entorno tenía algo de paranoia, lo reconozco, pues llegaba al extremo de advertir a mis íntimos que hicieran lo mismo que yo. Así se lo sugerí a un Héctor que me miraba con los ojos como platos. "Estás un poco obsesionado ¿no?", me dijo. Con él no funcionaron estas advertencias y se mostró siempre tal y como le apetecía; y eso me gustaba, aunque no dejaba de sentirme incomprendido. En voz alta, y rodeados de 'amigos', pregonaba sentirse feliz de poder cumplir su antiguo deseo de vivir en una pequeña ciudad mediterránea y conocer sus pueblos de casas blancas y apiñadas sobre montículos. "Este es un territorio como fuera del mundo" -apostillaba con los ojos entornados.

Él proyectaba deseos y sueños sobre el lugar que lo acogía, pero la realidad era que -salvando algunas zonas-, de ese romántico ideal, ya poco encontró. La ciudad sí conservaba sus principales edificios construidos en el S. XIX, como sus dos teatros, el mercado de abastos, el casino y edificios residenciales de la burguesía de la época, que aún le daban esplendor. Si bien, los barrios de la arquitectura popular estaban muy abandonados, y de alguno, como Barrio Blanco, de origen musulmán, y construido a lo largo de los siglos por los propios moradores, apenas quedaban unas cuantas casas y en mal estado, como lo retratan las imágenes tomadas entre 1940-50, y que permanecen en los archivos municipales; un abandono que a comienzos de los sesenta denuncia un afamado escritor en un impecable trabajo periodístico, publicado, por cuestiones de censura, fuera del país. El vergonzoso asunto de cómo vivían los habitantes de Barrio Blanco trascendió acá y allende las fronteras, pero una vez más, los políticos del momento, en lugar de dar el apoyo necesario a sus habitantes para sanear y adaptar sus viviendas, optaron por enviar hasta allí las palas excavadoras y destrozar un ejemplo de arquitectura popular de una gran belleza e interés histórico (muerto el perro, se acabó la rabia, debieron pensar).

Como le atraía el tema, le puse en contacto con los artistas locales que desde mediados del S. XX venían pintando y fotografiando el barrio. También, como arquitecto, estaba vivamente interesado en el Círculo Mercantil y el Teatro Galileo, dos edificios singulares del S. XIX situados en el corazón de la ciudad, sobre los que realizó un estudio de gran interés que, por casualidades de la vida, aún conservo en mi poder.

En más de una ocasión le había visto pasear por la Plaza Grande y habíamos coincidido en un café situado en una de las calles que la bordean. Su piel, en una ciudad en la que sol impera todo el año, resultaba extremadamente pálida, y eso llamó mi atención. En el café habíamos cruzamos miradas; pero no hubo ningún acercamiento por parte de él o mía. Nos conocimos unos días más tarde, cuando en una de aquellas visitas 'obligadas' a la Feria me lo presentaron en la terraza del Círculo Mercantil. Era locuaz, por lo que desde los primeros momentos supe que apenas llevaba un mes en la ciudad, y que para él, exceptuando el arte, nada valoraba tanto como la amistad. "¿Y el amor?", le pregunté de golpe. "¡El amor…! El amor lleva otro camino. Se bifurca en nosotros de otra manera, y permanece siempre". "¡Siempre!", exclamé. "Sí -y me susurró al oído-, el amor, aunque no lo parezca, nunca muere". Luego -refrigerio en mano- se disculpó por su 'pedantería', y yo hice lo mismo por la confianza que me había tomado. Pero a lo largo de la tarde jugueteé en mi mente con su idílica idea sobre amor, que para mí, después de varios fracasos, ya sólo era algo importante mientras duraba; y por experiencia sabía que el final, cuando todo termina, lo que permanece de la gran noche de amor -llamémosle así- es lo más lamentable de la relación. Punto de vista que omití.

Su español era bastante bueno, pero hice lo posible para que utilizáramos el inglés, que a mí me daba la sensación de hallarme en un entorno más cosmopolita y libre. Tras varias horas de charla me invitó a tomar una copa en su apartamento; si bien antes pasaríamos por mi casa a proveernos de música, pues aunque viajaba con su mejor equipo, sus álbumes preferidos, por las prisas de última hora, finalmente no formaron parte del equipaje. Cogimos un taxi y en apenas treinta minutos recorrimos los once kilómetros que separaban la ciudad de mi casa. En la puerta me esperaba mi gato Nereo, que no salió huyendo al vernos, como solía hacer cuando llegaban visitas. Cruzamos el jardín y subimos directamente a mi refugio, donde le presenté a mis mejores amigos: un notable repertorio musical, mi máquina de escribir, mis libros fetiche y mi colección de tortugas, que exhibía en dos grandes vitrinas, y a las que Héctor se acercó con gesto de admiración.

La colección en aquellos años ya la formaba un número importante de piezas. Me relajaba ordenarla, y a cada figura le daba su lugar en la vitrina en relación a la luz que recibiría. Eran pequeñas obritas de arte muy seleccionadas. Estaban elaboradas con materiales tan diversos como el bambú, la piedra, el cristal, la madera o el papel, y tenían forma de colgantes, perfumeros, figurando sombreros, trajes…; mis dos preferidas eran Fobos -bautizada así por su cara de susto- y Deimos -por sus ojos terroríficamente grandes-. A mi amigo le llamó la atención su elevado número y el hecho de que en ellas no destacase la belleza en su canon clásico, como se esperaría de mí -dijo-, sino el lado exótico de la creación, con alguna pieza rayando en lo vulgar, aunque se veía que esta connotación era buscada por el artista, tal vez como asunto expresivo -comentó.

Y no iba Héctor mal encaminado: efectivamente, la colección huía premeditadamente de la belleza, y ese proceder mío tenía sus causas en el pasado, y me explico: a la edad en la que con más fuerza te opones a la mediocridad de la vida, que suele ser en la adolescencia, me enfrasqué en lecturas algo especiales, como la del libro "A destiempo" de Joris-Karl Huysmans, marcándome de alguna manera. Muy especialmente me impresionó el pasaje donde se narra la escena de la tortuga, en la que su protagonista, Des Esseintes, hace recamar su caparazón en oro y diamantes, de tal manera que el pobre animalito, por el peso de las joyas, muere asfixiado mientras él gozaba de la fantasía de verla caminar por su alfombra preferida. Tras su lectura, la belleza dejó de tener para mí un significado tan noble, quedándome con la idea de que los asuntos de la belleza dejémoslos como están: porque ese camino, sin duda lleno de atractivos, también puede ser turbio y confuso, y requiere, como se lo propuso De Esseintes, una renuncia fatal del mundo. El libro me pareció de lo más interesante, aunque me dejó triste y melancólico durante un tiempo. De ahí que cuando elijo una nueva pieza inevitablemente deseche aquellas en las que lo ostentoso o la excesiva belleza sean evidentes. Aprecio en ellas asuntos que en nada me recuerden la insoportable escena de la tortuga desplomada sobre la espléndida alfombra.

Aunque si bien era cierto que la lectura de Huysmans me desestabilizó, no lo hicieron menos dos episodios que ya había vivido relacionados con la belleza, y que igualmente no controlé: El primero de ellos -y que me suelen recodar los familiares en los momentos más inoportunos- tuvo lugar a la edad de tres años, durante una visita familiar a una gran pinacoteca: yo iba a hombros de mi padre, cuando alguien se acerca y advierte a mi progenitor de que el niño que lleva encima tiene los ojos y la cara bañados en lágrimas... En ese momento -según me cuentan- el grupo familiar se hallaba ante el "Cristo muerto sostenido por un ángel" de Antonello da Messina, una de las obras más bellas y dramáticas de la historia de la pintura; rápidamente, al comprobar mi compungida situación, mis padres salieron del museo mientras se reprochaban mutuamente haberme llevado a ese lugar dada mi hipersensibilidad; una característica que me adjudicaron sin mi permiso, y que nunca entendieron, ya que no se había dado antes en la saga familiar. Así que toda la vida he cargado con el peso de haber introducido semejante rareza en el tronco familiar, por lo que en las reuniones navideñas cabe un punto de fricción entre el 'raro' y ellos, que se palpa entre plato y plato.

Un segundo episodio -este más controlado- lo experimenté años más tarde en la Tate Gallery -otra pinacoteca- y fue durante mi primer viaje a Londres, cuando en vivo y en directo me encuentro por vez primera con las obras de los prerrafaelitas, y... Pero me voy al comienzo: por entonces estaba a punto de cumplir los dieciocho años, y durante todo un curso había estudiado a estos pintores en un librito en blanco y negro perteneciente a una biblioteca pública, que cada quince días renovaba. Mi interés por ellos estaba claro, y ahora lo veo más que entonces. Recuerdo que cuando me vi por vez primera ante las dimensiones de sus cuadros, su color, sus temas, inspirados tantas veces en la literatura, me negué a salir de la Tate, y seguir el itinerario previamente acordado con el grupo de amigos, quedando fatal con ellos, que insistían: "¿Pero cómo te vas a quedar aquí solo todo el día?". Finalmente se marcharon sin mí, y allí pasé la mañana y la tarde analizando y viviendo aquel ideal pictórico hasta la hora del cierre.

Bajé a la cafetería en dos o tres ocasiones, y luego otra vez arriba, recordando lo que había leído sobre los autores: Rossetti, el de personalidad más original e interesante; Millais, el más dotado como pintor; Hunt, el moralista del grupo, etc. Sí, plantado y sin pestañear me veo ante la "Ofelia muerta" de Millais, obra en la que retrata a una joven en el preciso instante del tránsito de la vida a la muerte; de ella escapaba, como el día que la pintó, el último aliento de vida, y así permanecería imperturbable por siglos gracias al arte, mientras los demás iremos desapareciendo. Esa flora que envuelve a la joven, y ese agua mansa que la cerca, no parecen formar parte del sumidero del tiempo -pensaba. Otra vez impresionado y atolondrado por opuestos que parecen necesitarse: la belleza y la muerte. En consecuencia, el "Cristo" de Antonello, la tortuga labrada de Huysmans y la "Ofelia" de Millais, siempre formarán parte de mi manera de concebir el mundo de las emociones estéticas. Aún conservo los libros que adquirí en aquel viaje de descubrimientos, como "Pre-Raphaelites", de Edmund Swinglehurst", "William Blake", de Kathleeen Raine, y otros que iluminaron mi adolescencia. Como joven, de Blake admiraba principalmente su imaginación libre y su personalidad fuera de la norma: "Abrir los mundos eternos, abrir los ojos inmortales del hombre hacia un interior de mundos de pensamiento", escribía Blake. De entre sus libros sigo releyendo "Jerusalén" (donde habla de su proyecto artístico), y "Visiones de las hijas de Albion", en el que condena el absurdo de la castidad, y se postula a favor de la autorrealización de la mujer. Sin duda un anticipado a su época.

Al recordar aquellos días, observo con tristeza cómo la vida me ha endurecido más de lo que hubiera deseado: entonces bastaba con que la luz de la mañana se reflejase en unas simples gotas de agua caídas sobre el césped, para provocar en mí toda clase de vivencias sensoriales, que con frecuencia pasaban a formar parte de mis quimeras nocturnas, en forma de sueños. De ese periodo persiste uno relacionado con el miedo, en el que de repente, dos hombres, de afeitadas mejillas y perillas pobladas llegan hasta a mí y a la fuerza me arrancan de un mundo al que sólo yo tengo acceso; llegan, altos y delgados, para llevarme a un lugar donde todo lo que miras o tocas, hiere: los dos hombres se empeñan en mostrarme el mundo real, y creo que lo van logrando, pues de aquel niño 'raro' y joven soñador queda poco.

A Héctor, mientra observaba la colección de tortugas, le iba refiriendo, muy por encima, algunos de estos episodios para que entendiese por qué la pedrería y otros adornos no formaban parte de la colección. Creo que entendió que esas tortugas, que con tanto interés miraba y movía entre sus manos, significaban mucho para mí, pues posó su mano sobre mi hombro con afecto. Ya sólo quedaba coger el botín musical que eligiésemos y partir hacia su casa, que resultó ser un amplio apartamento situado sobre los acantilados de una de las carreteras más sinuosas de la zona. Las vistas eran impresionantes, y la luna, en el horizonte de la noche, aparecía inmensa. Cumplida la cortesía de mostrarme la casa, nos dejamos caer en el sofá, con Debussy sólo para nosotros. El ambiente era relajado, expansivo. La música nos acogía, nos insinuaba que podíamos deshacer la vulgaridad de los días. Tenía la necesidad de que en su compañía todo fuese amable y placentero. Hacía meses que no sucumbía ni buscaba las caricias de nadie. Quería voluptuosidad, por lo que no le seguí la conversación cuando, por un instante volvió al tema de que "el amor nunca muere"... Tan sólo dije: "no sé si tu idea reconforta o no; porque eso de que un mismo sentimiento permanezca siempre vivo, aprisiona". ¿No? Yo no deseaba hablar de amor. Por entonces andaba por la vida sin permitir que nadie, ni tan siquiera hipócritamente, inquietara mis oídos con tales asuntos, pues más fracasos en ese terreno no podía acumular. Aunque Héctor era distinto: representaba la gran urbe, la mirada no torva de cierto provincianismo, que me exasperaba, y todo ello me atraía enormemente. Y su cuerpo, terso y lleno de pausas para las caricias...

Eran los momentos de la pasión. De escuchar palabras casi olvidadas. A "La siesta de un fauno" siguió Ravel y un concierto de miradas voluptuosas. Me rodeaba con sus brazos, me acariciaba el cabello, y yo temblaba llevado por la exaltación del momento. Desabrochó lo que parecían los mil botones de mi camisa. Sus manos se movían como linces por mí cuerpo. Sentía sus labios húmedos y con sabor a vino fresco que yo rociaba en sus muslos. Me perdía en todos los ángulos de su cuerpo, y le entregaba mi lengua, con la que pretendía asir nuevos paraísos y destruir los que ya no me eran gratos. Batallaba en su lecho y pequeñas furias propias de la pasión se sucedían. Todo se hizo profundo y mi boca y su columna eran una. Me animó a ciertas posturas excitantes, que cerraban una noche de mágico transito por la vida. La música de Ravel insistía, mientras él susurraba esplendorosas palabras en mis oídos. Llegó el sueño que prosigue a la rabia sexual, y el resto de la noche fuimos dos seres humanos que se prometían un futuro juntos. Las pasadas lluvias, suyas y mías, daban paso a otro tiempo. Horas después, la mesa rebosaba de frutas, chocolates y café estilo americano.

Durante el desayuno no tardó en aparecer la buena conversación tan propia de Héctor. Movía sus manos con energía mientras hablaba de sus viajes, para los que siempre hallaba la palabra exacta o la más expresiva para dar emoción a la historia que contaba. Mi experiencia en asuntos mundanos no era comparable a la suya, pero hice lo posible por resultarle interesante, y echando mano de mi buena memoria recité varios poemas de Gil de Biedma, de quien había visto un cuadernillo de poemas entre sus libros. Poeta -dijo Héctor- penetrante y de asequible entendimiento para quien su lengua nativa no es el español.

Al día siguiente, en una librería de la ciudad, encargué de Biedma los poemarios "A favor de Venus" -una selección de poemas que hablaban de amor y erotismo-, y "Poemas póstumos", libro que contenía el inmenso poema "No volveré a ser joven", escrito a la edad de treinta y cinco años, y que por entonces yo releía con frecuencia. Siempre tuve una fuerte atracción por los poetas -al margen de cuestiones estilísticas- que se habían dado el gran zarpazo con la vida, y de ese brutal encuentro, precisamente, habían nacido versos tan turbadores como los de Biedma o Rimbaud. Mientras estaba en estas disquisiciones, de repente -esa fue mi sensación, que luego se repetiría con frecuencia- Héctor se levanta de la mesa, llama a un taxi y ya estamos en la calle: de la gloria a la realidad en cinco minutos. Me acompaña hasta mi casa, pero insiste en marchar rápidamente ya que tiene asuntos pendientes que solucionar en la ciudad.

Era ya mediodía cuando entraba en mi casa. Habían sido veinte horas inmensas. Esa misma tarde anoté en mi diario las palabras clave que daban vida al encuentro, y que ahora busco entre sus páginas envejecidas, resecas, como las pequeñas hojas de ficus, en las que tallamos nuestros nombres, y que en él protejo. No quería anotar -y lo destaco en sus páginas- la apariencia banal de los hechos, o el color del momento, que con el paso del tiempo se destiñe, se pierde y lo que fue verdad pasa a no ser nada. En esas notas dejé la verdad, y ahí sigue.

A partir de ese día ya no fue tan significativo el lugar donde residía. El amor nos salva de casi todo. Cómo, de un día para otro puede cambiar tanto la percepción que tenemos de las cosas, del entorno… Pensamientos de esta índole eran frecuentes en los primeros días de nuestra relación. Aun con el interés que teníamos el uno en el otro, logramos seguir con nuestras obligaciones: yo continué con mi trabajo de traductor y corrector de inglés para una farmacéutica en la que por recomendación había logrado entrar. No estaba bien remunerado, pero me permitía vivir y ganarme la vida -tras cerrar la Academia- dentro de una cierta bohemia, al poder trabajar desde mi casa, y tener horas libres para desarrollar mi vocación literaria; aunque nadie sospechase, ni entonces ni ahora, que quien firmó poemarios y un sinfín de artículos como "Conrad Wells " era yo. Por su parte Héctor continuó poniendo en orden su proyecto. Me hice su cicerone único acompañándole a numerosos pueblos de la costa y del interior, donde tomaba fotografías y anotaba aquellos elementos que le eran de interés para su trabajo. En alguna de las tomas me decía: "En esta ponte ahí… que la necesito con vida".

Ahora, al rememorar lugares, edificios y paseos por algunas playas, entonces salvajes, se hace más persistente la nostalgia, y es inevitable no sentirla cuando hecho la vista atrás, y veo las fotografías de la primera visita que hicimos a Cabo Rojo; lugar del que partimos en lancha alquilada hacia la roca llamada de La Joya o de los Perdidos, donde Héctor -más intrépido que yo- hizo submarinismo y vivió la experiencia de "bucear entre los restos de algún antiguo naufragio" -comentó fascinado al salir, a lo que sonreí condescendiente. Después partimos hacia el pueblo de San Carlos, donde pasamos la noche en un minúsculo hotel regentado por una pareja de extranjeros. A la mañana siguiente, por un camino de chumberas y pitas entramos felices en Playa lobos; playa de arena fina y un horizonte que se abre en todas direcciones: allí pasamos el día y la noche entre espuma de mar y acantilados de una belleza indescriptible.

Por la fecha que tengo anotada, fue durante esta escapada cuando me habló de su interés en visitar un pueblecito llamado Osunaharma, donde su cuarto apellido -que hasta ese momento desconocía-, Invernón, era frecuente entre sus habitantes. El tema lo había estudiado, y ya que estaba cerca le gustaría ir. El asunto me cogió por sorpresa, pero le dije que bien, que nos acercaríamos. Un día por la mañana nos dejamos caer por su ayuntamiento, siendo atendidos por un secretario que nos trató con bastante cortesía, y nos facilitó la búsqueda: "aquí, aquí pueden encontrar algo de utilidad", nos indicaba. Durante horas Héctor revisó archivos y tomó nota de todo cuanto le pareció de interés. Si no me equivoco, volvimos allí en otras dos ocasiones. Al final, y tras visitar diferentes pueblos de la comarca, llegó a la conclusión de que efectivamente Invernón se daba en la zona, con asentamientos importantes en la capital; otras líneas se radicaban en las provincias limítrofes. Todos estos datos tenían como finalidad -me aclaró- completar su árbol genealógico. Yo asistía curioso y atónito a sus idas y venidas por la provincia buscando algo por lo que jamás sentí la menor curiosidad: saber de mis apellidos ¿para qué?; podía ser romántico, sí, pero… Lo que no entendía muy bien era por qué se interesaba por su cuarto apellido, y no por el primero o el segundo… La discreción se impuso y nada pregunté.

***

Comenzamos a ser unos habituales de los encuentros culturales y reuniones en casas de particulares, siempre ocultando nuestros sentimientos. Le presentaba como "un amigo americano con raíces hispanas que quiere saber de nosotros", y eso caía bien. Siempre íbamos juntos y lo que no podíamos evitar, en una pequeña capital de provincias, eran los comentarios y las miradas maledicientes de algunos: de arriba a bajo y de derecha a izquierda, se inspeccionaba allí a los recién llegados. Luego estaba el miedo de dar con tus huesos en la cárcel por homosexual, por lo que la discreción se imponía. Por entonces (1971-1972), el clero en particular era terrible con este tema, y dentro de las estructuras político-sociales del país gozaba de un gran poder: lo que ellos denunciaban iba a misa. El amor y los placeres no son para los bárbaros, anotaba Héctor cuando se suscitaba el asunto entre nosotros. Yo me revelaba contra semejante injusticia; me entristecía, me enfurecía… rememoro esto y aquello. Cierro los ojos y nos veo perdidos en aquel altiplano, sin presencia humana en kilómetros a la redonda; tan sólo aquel cartel clavado en lo alto de un montículo, que anunciaba: "Cuidado con el perro". Pero no había perro ni lugar que éste custodiara. ¿Qué hacía en la perdida llanura esa tabla perfectamente clavada en la tierra? Imaginamos mil historias que dieran sentido al rótulo, pero la realidad era que sobre la vieja madera se habían grabado unas palabras carentes de todo sentido.

Nunca dediqué un verso a Héctor; ni siquiera tras aquellas noches en las que la música, la poesía y el vino fueron nuestros invitados únicos. Tal vez fuese mejor: así hay menos asuntos que anestesiar. ¿Todo era perfecto? No. Y no debía serlo cuando algo extraño, algo tirano fue tomando cuerpo en ti. A veces pensaba que era nuestro entorno, desesperadamente apacible, lo que te alejaba de mí. O mi excesiva entrega, puede que también.

***

Pasó un año, y el proyecto había finalizado. Me marcho, lo entrego y vuelvo -dijiste. Al comienzo las cartas eran frecuentes, luego no tanto. Yo daba vueltas, y recordaba nuestras conversaciones más intimas, buscando la verdadera causa de tu ausencia. Siempre había un motivo que te obligaba a permanecer en tu país, y en aquella última carta comencé a entender algo… La leí despacio junto a la mesita del jardín, tan pequeña antes, y tan inmensa luego; no entendía ese instinto paterno que se había apoderado de ti y que era la causa de nuestra separación. Luego, rememorando conversaciones, sí encontré detalles que daban sentido a lo que decías (hablabas de prolongar la sangre y cosas así…). Llegados a ese punto, me despedí definitivamente y lo más dignamente que pude. Aún me atreví, años más tarde, a enviarte una última carta, y digo última, porque me fue devuelta con la inscripción de "destinatario desconocido", en rojo.

Hoy se te ve triste, aunque rico, y has logrado hacerte un nombre en el mundo empresarial que invierte en asuntos llamémosle lúdicos… Aquello de ser arquitecto ecológico parece que no era lo tuyo. Lo que sí te habrá dado alguna alegría es el título nobiliario que ostentas, que es menor, pero título al fin. Veo que aquel interés tuyo por los antepasados dio sus frutos. Te felicito. No sabía de tu afición por la caza mayor, y menos que defiendas a ultranza ese 'deporte'. ¿Quién me lo iba a decir? Tú, ¡tan pacifista en los setenta! Seguro que esa mujer con la que te has casado aportó el dinero y tú el titulo. Repito, me trasmites tristeza… En la esquela, con motivo del fallecimiento de tu padre, se cita que no has tenido hijos, mientras que tu hermano cinco. Entonces, ¿qué hace esa mujer en tu vida? Perdona si soy impertinente con lo de "esa mujer"; puede que sea porque el amor, como tú decías, nunca muere. Me llama la atención tu mirada -que no es aquella- en el directorio de ejecutivos americanos, y que como sucede entre los ricos de verdad, exhibes poco tu vida. Sólo hay una foto tuya de cuerpo entero; una toma de esas sin remedio en la que con motivo del homenaje a uno de tus directivos, alguien por sorpresa te levanta de la mesa, te coge del brazo y te coloca en el centro de la escena: siempre es importante para la publicidad del negocio, que un jefe, con nombre compuesto y apellidos rotundos, aparezca en la foto, debió pensar ese alguien.

Hoy, cuarenta años después, casi todo aparece en esta ventana... Escribo tu nombre, pulso Intro, abro páginas, imagino historias, pero como sucediera con el rótulo de la perdida llanura, todas carecen de sentido.

NO DIGAS NADA

Antonia Bocero

Vivió aquel tiempo de un modo natural. Fue años más tarde cuando las palabras y las imágenes que lo conformaron se apoderaron de ella de un modo convulsivo. Nada en su niñez había sido ni demasiado bueno ni demasiado malo, y creía conocerla perfectamente; y sin embargo ahora se le revelaba como una amenaza que no podía controlar, y con ella aparecieron las fobias y las visitas al psicólogo, con su listado de preguntas y anotaciones al uso:

¿Cómo definiría la relación con su padre?

¿Y con la madre…?

¿Y los hermanos…?

¿Tiene amigos?

¿Tiene pareja?

¿Tiene dificultad para llevar a cabo sus obligaciones?

¿Desde cuándo?

¿Qué es lo que más le preocupa de la situación?

¿Le han recomendado venir a consulta, o fue por decisión propia?

Tenía todas las dudas sobre ese tipo de cuestionarios, y le era complicado responder con sinceridad; pero también reconocía que fuera de aquella consulta su día a día no era fácil.

-Bien. Todo tendrá su explicación -anota el psicólogo-; y la hallaremos; tengo confianza en que podamos dar la vuelta al asunto. Ahora lo importante es que esté aquí.

A los pocos meses su salud general se vio resentida y hubo de acudir a especialistas como el otorrinolaringólogo buscando alivio para sus vértigos. Un hombre afable, que la invitó a entrar en su consulta con un 'Pase usted, joven'. Tras el saludo de rigor, ella toma asiento y deja sobre la mesa diversos informes médicos.

-¿Cómo va esa vida? ¡Cuénteme!

Y comienza la tarea de hablar de una situación que ya permanece en el tiempo.

-...Y hay días que apenas al anochecer me atrevo a dar un corto paseo a orillas de la playa, momentos en que los vértigos se calman.

A esta explicación le sigue otra y otra, hasta llegar un punto en que el otorrino, como días atrás sucediera con el alergólogo y la médico de cabecera, comienza a actuar de psicólogo, y pasa a un segundo plano el motivo real de la consulta. El hombre de bata blanca y corbata anudada con evidente descuido, le hace diversas observaciones sobre el poder de la mente y las pautas a seguir acerca de los bajos estados de ánimo, haciendo hincapié en que debemos intentar vencer los miedos y olvidar resentimientos, pues "cuántas veces, lo que vivimos como muy cierto, no responde más que a situaciones infundadas", concluye en un tono de voz casi imperceptible; y prosigue:

-En principio, y por lo que me cuenta, no parece que los oídos tengan que ver con su problema.

-Pero el vértigo y la sensación de desmayo son reales -se lamenta ella-. Algo en mi metabolismo no funciona. Mi vida ha dado un cambio radical en pocos meses. Apenas hago vida social.

-Pues no se acobarde, que las mujeres sois muy valientes. Y la tensión, ¿cómo la tiene? (podría tomarla en lugar de preguntar)

-La he tenido siempre baja, pero últimamente se ha elevado por encima de lo normal.

-Ah, pues cuando a los hipotensos les sube la presión arterial lo pasan muy mal.

-¿Sí…? Pues no tenía la menor idea; pero está bien saberlo.

-Sí, porque cuando la sangre está acostumbrada a circular por vías anchas (como antes la ilusión), y de repente se estrechan, el organismo sufre un shock. Y lamento decirle que en la mayoría de los casos, la hipertensión arterial es de origen desconocido (a ver si esos brotes de asfixia no son más que picos de tensión alta…).

-Y cuidado con la ansiedad, que tiene que ver con los vértigos más de lo que se piensa. Por esta causa estamos atendiendo a pacientes que aún no han cumplido los veinte años.

Él prosigue con los ejemplos, y ante sus quejas, la 'anima' a que se pase por la planta de diálisis, y vea lo que sí es motivo de sufrimiento.

-Pásese por la planta cuarta y verá lo que es tener que encajar una faena de la vida (si no es de operar te toman por loco, razonaba el primo Juan).

Le inspecciona los oídos con diferentes aparatos, y comenta:

-Sí, veo que en su niñez padeció de otitis y las cicatrices están ahí, junto a su problema inmunológico: ya sabe, su alergia al ciprés, las gramíneas, lo que le creará una inflamación a nivel de las trompas de Eustaquio, principalmente en primavera, ¿verdad?

Ella asiente con la cabeza.

-El vértigo -continua el otorrino- es una situación que va y viene, y pueden pasar años entre una crisis y otra. Mire, el sistema del equilibrio es muy complejo; de hecho tardamos un año en aprender a andar (y un segundo en morir), y le afecta el tener la tensión alta, baja, la ansiedad… Créame si le digo que la mitad de los pacientes que entran por esa puerta son por vértigo, y el suyo es banal. Hay vértigos de tal naturaleza que a veces nos vemos obligados a destruir el oído para que desaparezcan (no me gusta la palabra destruir, ni quiero que desaparezcan aquellos domingos en la sierra con el padre: "Aquí debemos caminar despacio, sino los pájaros se van. Hoy seremos uno de ellos". Antes hubo que pasar por la iglesia a ver si el cura viste de rojo, verde o morado. Luego en el colegio preguntan).

Ante su insistencia le solicita una prueba para la planta de radiología; y dos horas más tarde:

-Esté contenta: no padece, ni va a padecer neurinoma del acústico (acústico-sonido-agua-ambulancia: la hermana pequeña a punto de ahogarse. La embarcación giró muy rápida. Juego de niños, y la vida anuncia su poder).

-Cierre los ojos (miedo a la ceguera): ¿A que distingue perfectamente qué brazo tiene en este momento apoyado sobre la mesa? Lo que quiero decirle es que somos muy complejos, y que son muchos los estímulos que el sistema del equilibrio tiene que procesar. Nos llegan desde todos los puntos del organismo, y hay estados como el de la ansiedad que lo dejan fuera de juego (habla demasiado y no concreta). El estrés, el terrible estrés -repite entornando los ojos mientras balancea de un lado a otro la cabeza. A su espalda hay una gran librería con numerosos objetos antiguos: quizá sean heredados, piensa ella. Distingue una pequeña balanza de platos, un juego de medidas antiguas en forma de vaso, una romana en miniatura, una brújula, una columna en mármol de las que se venden a los turistas en los pueblos del mediterráneo, y otros objetos a los que no sabría darles nombre, si bien, el conjunto allí situado parece seguir un orden… Mientras ella observa, los ojos de él se abren y cierran al tiempo que sus palabras se expanden por la estancia. Se gira, y llama su atención la excesiva presencia en las paredes de la consulta de objetos que, como sucede con los de la estantería, nada tienen que ver con la medicina, tales como relojes de bolsillo, de arena o una serie de calendarios romanos, estampados en tela, que tapizan por completo una de las paredes (civilizaciones enteras inventando instrumentos para medir lo que sólo es una elaboración de la mente); una a una inspecciona las cuatro paredes intentando dar sentido al marasmo de estímulos que de ahí le llegan, y cuando regresa a él lo encuentra más viejo y agotado (se puede envejecer en un abrir y cerrar de ojos, y ver aparecer las primeras canas tras una noche de duro insomnio. Ese amanecer es frío, y la casa de cortinas rojas está sin ventanas).

Quizá este hombre -se dice ella- tenga algún familiar sometido a hemodiálisis, y esté muy grave... Parece asustado, y el miedo a perder lo que se ama es lo peor (puedes buscar al padre durante siete años de hospital en hospital hasta encontrarlo curado, y ya nunca más soñarlo muerto).

El doctor vuelve al tema sangre:

-A usted no le pasa nada serio. Le aseguro que a esos enfermos, después de un año en diálisis, poco les preocupa no entender ciertos detalles de la vida. Las cosas son como son -comenta en voz baja-. Para mí que lo suyo tiene que ver con la circulación. Y la podemos mejorar, pero no podemos hacer que funcione como a los veinte años (la vejez es la venganza de la vida. Y los espejos y las aguas cristalinas sus cómplices. La ciencia no explica los ojos vacíos… La música, al menos, rompe el silencio al que estamos condenados. Cuando te adentran en el nicho, solo ella reconforta el alma de los vivos).

Él no da ánimos y concluye:

-Cuando se encuentre mejor suspenda la medicación, y hágalo poco a poco, como le he dicho. En fin, que nos veamos pronto, y que no sea por aquí.

***

Nadie la entendía, y sin embargo ella necesitaba escapar de su situación tanto como aquellos enfermos de sus máquinas.

Escaleras arriba sube de la planta menos uno a la cero, y sale del edificio. Ya en el exterior se mueve despacio, intentando situarse en el lugar que había dejado unas horas antes. Aparece el taxi que la enfermera le había solicitado, y su primer pensamiento: en estos coches modernos el cliente no tiene opción de abrir o cerrar las ventanillas. Se ponen en marcha, y el conductor no parece tener prisa, mientras que a ella le urge salir de esa opresión. Se alejan de la ciudad, y en la radio, una voz nítida -y no es lo normal en ese tramo de carretera- da el pésame a los familiares de un conocido entrenador de baloncesto que la pasada noche, a eso de las tres de la madrugada, ha fallecido de un ataque al corazón: "Y no parece justo -comenta el amigo- que un hombre de corazón tan grande muera precisamente del corazón. Todo se lo había ganado a pulso. Mañana iba a ser presentado como el nuevo entrenador del 'Ayala Club'". Finaliza el amigo, y el periodista amplía la información: "… a mitad de temporada había sido sustituido del 'BCG Duarte' por sus malos resultados" (no se admiten fallos. Hay que ser el número uno). El comunicador avanza otros detalles, y otros… Pero son innecesarios, ya que el aludido no puede responder (¿Y los familiares…? Pobres, cuando escuchen estas cosas; encima de lo que ya tienen). Le gustaría pedirle al taxista que apague la radio, pero no se atreve. Por suerte pone música. Ella se abstrae y recapitula:

"…Tal vez aquellas confidencias les fueran necesarias a ellos y recayesen en mí simplemente porque estaba ahí; y no habría que darle más vueltas, y sí utilizar las imágenes para el libro que el psicólogo me aconseja escribir".

Escribir de cuando los ojos aún no tenían memoria, y tras las lluvias no debía mojarse los zapatos ni regresar a casa con el dobladillo descosido y un 'siete' en el vestido (cada noche la madre se afanaba en dejarlo como nuevo, y el padre, a cada tropiezo de la hija con las normas: "Pero mujer, si eso son cosas de chiquillos"). Eran días de correr rambla abajo para adelantarse al agua; de formar -en las obligadas siestas- larguísimas palabras con el nombre de familiares a los que no había llegado a conocer, y luego deletrearlas de derecha a izquierda para distraer el tiempo. Sus nombres eran raros: Aniceto,

Angustias, Cipriano, Celedonia, Eustaquio, Modesta, Elpidio, Filomena o Secundino, hermano de la madre. Y cada uno con su historia, escuchada a los padres cuando la creían dormida. A veces a la 'gran palabra' unía el nombre de la hermana mayor, Hortensia, ausente de la casa familiar, y nacida del primer marido de la madre, al que fusilaron en la entrada del pueblo nada más finalizar la guerra (tristeza en la mirada de la madre. En los pueblos no ocurre nada, piensan en la ciudad). El pueblo y el tío Secundino, con su olivo cuajado de aceitunas y ningún hijo para recogerlas (todos en la emigración. Es el destino de un pueblo de tierras mal repartidas. Opinión del padre).

El pueblo y el bar del tío Pedro, hermano mayor de la madre, a cuya mujer un día le vino un pronto, se subió a la cámara, y se ahorcó con la cuerda en la que se dejan secar los embutidos de la matanza. Y nada pudo hacerse, ni antes ni después. Son los imposibles, que decía el padre. Tras el drama, al tío se le fue la mirada y el habla, y por eso la niña, cuando iba al bar, entraba y salía por la puerta del mostrador a su antojo. Serio y enjuto, se movía lento, pero seguro de que el lugar por el que vagaba le pertenecía sólo a él. Sin pronunciar palabra con el cliente dejaba sobre el mostrador el vino con el platillo de aceitunas y el queso. Vivía tan callado, que no se sabe si hubiera dicho algo cuando tras su fallecimiento los hijos dejaron de hablarse por la herencia: para la hija el bar y las vacas, y para el hijo la huerta y la serrería. La casa con la viga donde la madre se ahorcó, ninguno de los dos la quiso y se vendió. Del dinero en metálico no trascendió nada, y quizá por ahí pudo venir el desacuerdo, en opinión de la madre, quien también decía: "No creo que mi hermano hubiese dicho nada: de niño ya era el más callado de todos los hermanos". Y lo era tanto, que las malas lenguas del pueblo llegaron a decir que la mujer se mató del aburrimiento de vivir con un hombre tan callado (si le hubiera dicho una sola vez las palabras que el padre le decía a la madre a orillas del río, cuando el intenso calor del verano impedía dormir dentro de la casa, no se habría ahorcado. Pensamiento de la niña).

El pueblo y la huerta de la hermana Hortensia: ¡cuánta vida en tan poco espacio! (en la ciudad sólo macetas y una parra). El pueblo y la madre, a quien le hacía ilusión subir a la sierra en borriquillo a comprar suero de leche; pero ni el suero ni los cabreros eran los que ella recordaba. Por eso, nada más perder de vista el cortijo vierte el suero a orillas del camino: "Para qué ir cargados. Qué abandonado lo tienen todo. A los cabreros de antes les relucían hasta los mandiles". La madre, en contacto con la ciudad, se había vuelto escrupulosa, y la hermana Hortensia y la madre-abuela se lo reprochan: "Las cabras de este pueblo siguen dando la mejor leche, madre, y los nuevos cabreros son muy apañaos".

La respiración del taxista se acelera, mientras que la de ella se calma sujeta a ese tiempo, tan fuerte como lo hace el niño a las faldas de la madre cuando sólo quiere dormir.

...Recapitula: Definiciones: "Neurosis: enfermedad emocional o afección psicógena cuyos síntomas son la expresión simbólica de un conflicto psíquico que tiene sus raíces en la historia infantil del sujeto". A ella el sujeto se le hace sintomatología de libros escuchados, leídos y mecanografiados en noches de poéticas baldías. Salud mental es aquella en la que el individuo acepta el mundo que le rodea, y forma parte de la estadística en la que lo objetivo prevalece sobre lo subjetivo -lee en un libro; el inteligente es aquel que con lo que le ha tocado es feliz -escucha decir; y la clave está en no hacerse demasiadas preguntas -opina la mayoría en cualquier reunión de terraza (palabras... Los laberintos suceden cuando la muerte entra por vez primera en la casa y ves que de la caja-casa no penden relojes. Las manos están frías, pesan y no reconfortan).

Cuando llegue tomará la pastilla blanca, y espera que no le cause alucinaciones como aquella para la depresión, que por suerte sólo fueron diez minutos y un rato en urgencias. Dentro del pequeño habitáculo el zumbido de sus oídos y la respiración del taxista van a la par. A la derecha los acantilados y abajo el mar. Una neblina de calor se levanta en plena carretera. Esta ruta siempre le pareció estrecha y oscura, y extraño que en ella no arraigue planta alguna (quizá por la masacre del 37). El taxista podría haber ido por la autovía; tiene otra luz y la han ajardinado, piensa ella (la vegetación era importante para el padre, como lo era no cerrar las puertas con llave. De ese menester se encargaba la madre: "¡Ay este hombre! Mira que no cerrar la puerta de casa". Llevaban quince años casados, y quince años sin cerrar la puerta cuando se quedaba solo. Utopías del padre: un día, cuando haya igualdad para todos, quedarán abolidas las cerraduras y no habrá necesidad de lo ajeno. Un día la cultura nos hará libres, y entonces sabremos por vez primera lo que es una sociedad sin dueños. "Pues esperemos a que llegue ese día para dejar las puertas de par en par", concluía la madre. Y la niña al padre:

- ¿Y cómo es una casa sin puertas?

- Grande, y donde había una puerta habrá un arco.

- ¿Y las ciudades?

- Igual. Casas y pueblos unidos por arcos: los arcos son guías de fraternidad.

- ¿Y qué es una fraternidad?

- Algo bueno. Ya lo verás.

La niña de las trenzas lo escuchaba todo. Por eso, años más tarde, la hermana de ojos negros como los de la madre, le dice: "¡Por dios, hermana, me estás hablando de cosas de mi vida de las que no tengo la menor idea!". Y la madre, a la niña que todo lo escuchaba:

-¡Anda!, vete un rato con el primo Juan, que pareces un perrito faldero siempre detrás de mí.

La madre necesitaba estar sola, y el primo Juan no se entendía con el mundo al uso y, como al padre, le gustaba dormir bajo las estrellas. "Y no trabajar. Sí, muchas estrellas, pero luego hay que darle cobijo. De pamplinas no se alimenta nadie" -conclusión de la madre. Con los años, una de las habitaciones acabó siendo del primo Juan. Allí montó su biblioteca personal (cada libro una estrella). Para la niña de las trenzas el primo era un mago, porque junto a otras maravillas hacía fuego interponiendo una lupa entre el sol y su cigarro. Los tres (el padre, el primo y la niña) formaban un triangulo en el que no tenían cabida otros miembros de la familia; principalmente porque éstos lo ignoraban, y así era imposible que formasen parte del grupo. Sólo ellos tres sabían de su comunión de almas; también eran los señalados con un: "Ay, ay, qué cabeza tienen". Los tres sin duda complicaban la vida a la madre, que debía tener los pies firmemente apoyados en el suelo.

Un día ocurrió lo que era imposible: el padre se fue primero y luego la madre, y al poco el mago (para otros 'el tonto': él, que entre sus estrellas guardaba el ejemplar del Dorian Gray que años después entregó a la niña diciéndole: "Sé que te va a encantar". Y así fue. Y lo que es la vida: su biblioteca y una casa que le concedieron como lisiado de guerra, la heredó uno de esos sobrinos que en los días de su naufragio mental se avergonzaba de él).

En una ocasión el primo faltó seis meses de la casa, y la madre llegó a pensar que se había ido a vivir con alguna. Pero no, regresó y dijo que había estado viviendo en el monte. Y la madre: "¿Solo en el monte? ¿Con la de lobos que hay? Eso no puede ser: habrá estado viviendo con alguna". Y el padre: "Que sí, mujer, que se puede vivir solo y en el monte (él sabía de qué hablaba). Si se hubiera ido a vivir con alguna mujer me lo habría dicho. Conmigo habla de todo."

Los tres se fueron, y a la niña de las trenzas se le quedaron todas las preguntas. Durante meses el aire se negó a traspasar las rendijas de su ventana, y comenzó a soñar a los padres con la edad que tenían cuando los observaba desde la habitación que daba al patio: allí, bajo la parra, al padre le gustaba echar un cigarro; en la mesita el papel de fumar, la petaca y el mechero; y prendida en el ojal del chaleco la cadena del reloj con la que a ella tanto le gustaba trastear. El tiempo allí se quedaba quieto (y quieto no mata), como la mirada del padre en el libro de pastas rojas. En el mismo lugar la madre cosía y se le escapaba algún suspiro; pocos, pues los hijos no le dejaban tiempo para ensoñaciones; aunque alguna tenía… A veces los labios de ambos se apretaban: estarían pensando en la guerra, en los amores y sueños perdidos de los que hablaban; o en el frío de aquel lugar, que ella asociaba a historias por contar (la fría cárcel…, ellos tan del sur).

Como insistía en preguntar y la madre tenía mucho trabajo, andaba siembre de acá para allá con el padre. Un día, no recuerda si era por la mañana o por la tarde, caminando llegaron hasta una casa de dos plantas, rodeada de un gran jardín, y todas sus paredes cubiertas de una frondosa vegetación. El padre llama al timbre y aparece una mujer de ojos claros, cabello rojo y muy delgada. Le presenta a la hija, que ya no tiene trenzas; ambas se besan mientras la mujer musita algo amable.

Los tres inician un paseo por una zona ajardinada, y a cada giro que dan aparece de nuevo la casa (si la dejan sola se perdería). El padre y la mujer hablan de asuntos que a ella no le son familiares. Se queda con retazos de la conversación. A la mujer no parece extrañarle su presencia; pero ella no recuerda haberla visto antes. El padre no soltaba la mano de la hija, que en esta ocasión no tenía demasiada curiosidad en saber de qué hablaban ('algo' lejano y desconocido le temblaba en el pecho). Huye de la situación, y comienza a oír nítido el crujir de sus enaguas, excesivamente almidonadas por la madre el día anterior (las prisas). Se mira la rebeca para comprobar que botón y ojal coinciden, y que el pelo está en su lugar, como le gusta a la madre cuando van de visita. "Hija, tienes tendencia a lo estrafalario, como el primo Juan" (opinión de la madre que conoce mejor que nadie a sus hijos). A veces el padre y la mujer detenían el paso y se miraban; y la forma del silencio aparecía en sus caras. La niña miraba hacia otro lado, para simular que no les prestaba demasiada atención. Lo que fuese debían hacerlo ya, y juntos; insistía la mujer, que llevaba años esperando ese momento. Los niños fallecieron, pero él no. Se despiden de la mujer de pelo rojo, y emprenden el camino a casa. Durante el trayecto, mientras ella prepara un arsenal de preguntas, el padre permanece en silencio. No sabe cómo empezar, pues la situación le es completamente nueva, y le faltan piezas: a ella antes de hablar le gusta tener todo bien ordenado en su cabeza. De forma inesperada, y con apenas un par de preguntas, el padre le completa la historia; una historia que tenía que ver con el destino: ¡el destino!, ¿y qué es el destino?: "Cosas que no podemos evitar que sucedan aunque lo deseemos con todas nuestras fuerzas. Son los imposibles, Carmita". Y en ese punto, el padre contador de cuentos, le pide, como en otras ocasiones: "De esto no digas nada a tu madre" (pero la madre lo sabía). Por un instante se impone el silencio. Mano y mano siguen unidas. "Teníamos quince años y los gemelos fallecieron al nacer porque éramos medio primos" (dos hermanos de los que nada sabía).

Luego vino la guerra..., y tras ella, el padre de ojos color miel es condenado a la máxima pena, y la mujer de pelo rojo implora a los santos para que se lo salven. Hay desesperación, y se imponen las promesas: si lo salva, el ateo más ateo del pueblo entrará con ella en la Ermita. Él no cree en esas 'patrañas' (al fallecer, la madre le encargó una misa 'por si acaso'), hasta el punto de que cuando se casaron sus hijas no traspasó las puertas de la iglesia, y tenía sus razones: a la hija ya sin trenzas le confesó que en la cárcel los presos tenían que cuidarse más de los curas que de los militares. Allí dentro (y fuera) se hacía y deshacía a su voluntad. Padeció una condena de once años. Once años sin familia, y con el miedo de que un día pronunciaran su nombre, y ya nunca más regresara a su habitáculo de podredumbre y sopa de gusanos con lentejas (en casa comía antes o después que la familia: "Esa manía le quedó de la cárcel" -aclaraba en tono bajito la madre a los hijos. También le impedía comer junto a los suyos la emoción de saberlos). No le llamaron porque en el juicio demostró tener facilidad de palabra -información de la madre (¿pero cómo podría saberlo si aún no se conocían?). Para la mujer de pelo rojo, el Santo lo había salvado y ese verano entrarían los dos en la Ermita. Ella, hasta que marchó a Francia, lo visitó siempre que pudo en la prisión.

Un día pronunciaron su nombre, no le mataron, y a los cinco meses estaba casado. Aunque pudo haber sido que no; porque el cura se negaba a casar a un rojo descreído. El padre se enfrenta: "Está bien, pero que sepa que si no nos casa me la llevo"; y lo casó con la madre de pelo negro y ojos grandes y oscuros como las penas de mujer; y sólo de mujer: porque de niña (confidencias de la madre) se reía hasta de ver volar un papel. La madre se cargó de hijos y llegó a poner velas a San Rafael cuando el padre estuvo tan grave. ¡Cinco hijos para ella sola! Aquella noche, la brisa del río apagaba una a una todas las velas, y una a una la madre las volvía a encender. Por los adoquines del puente romano resbalaba la humedad de la noche, y las lágrimas de la madre también. El padre en el hospital, y la madre, camino de casa: "De esto no digas nada a tu padre".Y nunca lo dijo, porque la niña de las trenzas ya era especialista en guardar secretos. En una ocasión, en la habitación que daba al patio, vio cómo el padre fabricaba los juguetes que ella y sus hermanos habían pedido a los reyes magos, y cuando el padre la descubre: "De esto no digas nada a tus hermanos". Y calló. Otra tarde, mientras la madre le recogía el pelo en trenzas, ella la atosigaba a preguntas: ¿...por qué la hermana Hortensia no vive con nosotros? Por qué esto y por qué aquello... La madre dejó la tarea de las trenzas, y le dijo, "ven"; y de un lugar inimaginable sacó una pequeña cajita en la que guardaba la fotografía de un hombre con uniforme de soldado. Estaba amarilla y le faltaba un trozo. La madre: "Qué guapo, ¿verdad? Es el padre de tu hermana Hortensia". La madre acaricia la foto. "Nos casamos a los diecinueve años, y a las pocas semanas él ya estaba en el frente". Llegó la alegría de la niña, pero el padre no pudo llegar a conocerla; como tampoco la conocieron los siete hermanos de éste, todos muertos en el Frente (pobre madre-abuela, ocho hijos para la guerra. "Yo nunca me casaré ni tendré hijos": "cómo te vas a casar y tener hijos si no soportas el ruido de una mosca". Opinión de la madre. Ruidos: el padre, cuando a ella no la dejaba dormir el 'cri-cri, cri-cri' de algún grillo, lo buscaba hasta dar con él, y luego: "Venga, ya puedes dormir. Estaba muy escondido en la ventana de la cocina". Y sin apenas haber dormido se iba al trabajo). Finalizada la guerra, y habiendo estado casada con un 'revolucionario', la madre de pelo negro ha de ir cinco años a prisión, y deja a la recién nacida al cuidado de la madre-abuela. Pasan los cinco años, y la madre de los ocho hijos para la guerra, pide: "Déjamela un añito más, que es todo lo que tengo de ellos". La madre de ojos negros se apiada de la madre-abuela y le deja a la niña otro añito más y otro... "Y así fue cómo Hortensia nunca llegó a vivir con nosotros". Mientras habla a la niña de las trenzas mantiene la foto en su regazo. Pasa la mano sobre ella, luego la envuelve en el mismo papel, y la introduce en la caja, advirtiendo a la niña: "De esto no digas nada a tu padre" (y nunca lo hizo).

Se detiene el taxi, y su primer pensamiento al entrar en casa: mañana hablaré de todo esto con el psicólogo.

El lado oscuro

Antonia Bocero

Caminábamos por uno de los puentes que atraviesan el río de nuestra ciudad, cuando tras una larga conversación me dijo:

-Ya sólo queda uno, y siendo el más importante, últimamente no me deja dormir. Con él se pondrá punto y final a una historia en la que unos pocos han dignificado mucho, y no siempre por su valía.

Su confesión me dejó perpleja y durante unos momentos no articulé palabra. Sí, todos tenemos nuestro lado oscuro, y el tiempo es inmisericorde con cada uno de nosotros -pensé-. Le miraba y veía en él parte de mis sueños rotos. Había depositado en mí una confianza a la que yo no me hubiese atrevido, pero no aparentaba por ello inquietud alguna: él gesticulaba y se movía a mi alrededor con el mismo aire de galán que veinte años atrás. Sin perder su flamante sonrisa me hablaba de una historia plagada de detalles que nunca hubiera supuesto. La lucha por significar algo en esta vida nos lleva a lugares peligrosos -me dije.

A esa hora el cielo comenzaba a tornarse gris, y flotaba sobre el puente la melancólica humedad de un otoño recién llegado. Mientras, mi amigo se prodigaba en encantos hacia mí y expresaba cada una de sus palabras con la seguridad de los que han triunfado en todo aquello que se han propuesto. Esa actitud era muy suya; pero ahora intuía que era también una pose; o quizás no, y simplemente pertenecía a ese grupo de personas que se sostienen sobre la idea de que el tiempo un día les dará la razón. Y tal y como él me lo planteaba ese anhelo no tardaría mucho en llegar. Estaba casado con una mujer realmente atractiva, con la que había tenido una prole de hijos, de los que nunca hablaba. Hace unos días ambos posaban muy acaramelados para un periódico local mientras asistían a una corrida de toros. Aparecían rodeados de amigos que me eran completamente desconocidos, y el verlo allí, me confirmaba que lo nuestro nunca hubiera funcionado.

Mientras deambulábamos por la ciudad, mis pensamientos iban de acá para allá intentando justificarle. Y quién sabe si al final, mereciéndolo o no, le llegaría su tiempo de gloria -me dije-. "Hasta lo imposible -escribió alguien- posee a veces la gracia de ocurrir". Quizás esta actitud se debiera a la relación que mantuvo con el padre, quien según mi amigo, lo mejor que había hecho por él fue anular su personalidad, al menos de puertas adentro. El padre fue pintor y escultor, y me caía bastante bien; de él conservo un par de acuarelas y dos esculturas, que me siguen parecido muy buenas.

Ignacio y yo crecimos en el mismo barrio, fuimos al mismo colegio, y durante unos años hubo entre nosotros algo más que amistad; pero su imponente seguridad, de la que tan abiertamente hacía gala, apabullaba a una joven tímida y reservada como yo. Siempre era él quien parecía tener el turno de palabra. No daba descanso a su interlocutor ni para pestañear, no sea que se animara y dijese algo, debía pensar. Esta incomoda situación no se me daba con ningún otro amigo. Así que tras pensarlo bien, le dije que no era el mejor momento para que formalizáramos nuestra relación, ya que ambos teníamos previsto estudiar fuera. A él le pareció bien, y el tema quedó ahí. Al poco, él se marchó a estudiar Bellas Artes; carrera que dejó en el segundo año, pues no le interesaban -me decía en una de sus cartas- "las extravagancias modernistas" que allí debía aprender; ni contaba con la paciencia necesaria para realizar unas practicas que no le producían "la menor emoción". Lo que él anhelaba era ser un pintor de los de toda la vida... Ser el mejor paisajista de su tierra como su tío o su abuelo. A su vuelta pasó a dirigir un emblemático negocio familiar dedicado a la venta de ropa y toda una variada gama de productos, como electrodomésticos o artículos de regalo. Era un edificio de nueve plantas situado en pleno centro de la ciudad, y debía llevarlo muy bien, pues fue uno de los pocos negocios que en aquellos años de crisis se mantuvo en pie. Ese trabajo le permitía vivir desahogadamente, y le dejaba el tiempo necesario para seguir pintando y exponer una vez al año en los diversos espacios culturales de la provincia. Pero recuerdo ahora que en las clausuras de sus exposiciones nunca vi un punto rojo en sus cuadros. Una situación que él, por lo que me iba contando, achacaba al gran número de artistas con los que debía competir; lo cual era cierto.

En cuanto a mí, marché a estudiar filología hispánica, pues me apasionaba la literatura y desde niña me rondaba la idea de ser escritora; pero escritora de libros, un deseo que hasta la fecha no se ha cumplido. Sí me ha permitido la carrera trabajar en diversos diarios, siempre modestos, como correctora, y haciendo un poco de todo en las diversas secciones, como noticias, crónicas o reportajes. Durante aquellos años de formación, siempre que el trabajo me lo permitía, solía venir a visitar a la familia y a los amigos. Con Ignacio coincidí en alguna exposición, por lo general en las de su tío -ya fallecido- que, desde mi punto de vista, era el mejor de la saga. Pocos como él han sabido trasladar al lienzo las masas de vegetación y la suave luz del norte; y de hecho, durante años, todos los concursos de pintura que el Ayuntamiento había puesto en marcha, los ganaba el tío de Ignacio. Su padre también había sido un artista de talento, muy expresivo con los pinceles y elegante como escultor, y al que acompañaba el don de pintar con uno de esos estilos en los que no caben los conflictos decorativos, logrando vender un año sí y otro también toda la producción. No había en los pueblos de la provincia familia que no se vanagloriase de colgar en alguna de las paredes de su casa un cuadro suyo. Y no era este el caso de Ignacio que, aun siendo buen pintor, tanto por sus encuadres, algo artificiales, como por su predisposición a aplicar demasiadas capas de pintura a sus lienzos -lo que se traducía en una factura de apariencia tosca-, no era del gusto de esa mayoría de aficionados que principalmente compran arte para crear en sus viviendas espacios agradables. También es verdad -pensaba mientras nos tomábamos la última copa- que vivimos en una zona geográfica de espléndidos paisajes, y que en las últimas décadas había dado un significativo número de artistas dedicados a la representación de esa temática.

Durante nuestra conversación, parte de estas opiniones las iba compartiendo con Ignacio, sin que él entrase a profundizar en el tema o admitiese mis puntos de vista, lo que tampoco me extrañaba, pues mi experiencia en el periódico me decía que por lo general, cuando hablas con un artista no debes hablar al mismo tiempo de otros, a no ser que ya estén muertos y olvidados. Nos despedimos como era nuestra costumbre, cortésmente, invitándole por mi parte a que se acercase por la redacción a dejar el catálogo de su próxima exposición, lo que hizo al día siguiente.

Ignacio y toda su familia eran personas reconocidas y apreciadas, y eso ayudó a que el redactor jefe encargase que le hiciéramos un amplio reportaje, "pues este año -nos dijo- la colección que presenta es diferente, como se ve en el catálogo"; una observación que nadie compartía. Por la amistad que nos unía fui la encargada de hacer el trabajo y quedamos en vernos al día siguiente. Cuando llegué ya me estaba esperando en el portal, y subimos directamente a su estudio, situado en la doceava planta de un moderno edificio. "Pasa y fotografía lo que creas conveniente -fueron sus primera palabras-. Estás en tu casa, y te adelanto que soy uno de los artistas de esta ciudad que más cuadros ha pintado y uno de los que menos ha vendido". El estudio se prolongaba a todas las habitaciones de la casa, y en cada una apilaba obras que no habían llegado a venderse, o a las que no había dado el visto bueno esperando que llegase la inspiración para ellas.

A lo largo de su vida no había vendido más de diez cuadros, y algunos de los que allí apilaba aparecían firmados treinta años atrás. Mientras me contaba cómo surgieron los temas para esta próxima exposición, sobre un caballete me iba mostrando una a una todas las obras que la conformaban. En ese momento le vi ilusionado, y en los ojos la fulgurante luz que mostraba en sus primeras exposiciones.

"Qué te parecen", "cómo los ves", repetía sin cesar. Hice el trabajo fotográfico y dejé la grabadora sobre una mesita muy cerca de nosotros. Comenzaba a hacer frío en aquellas habitaciones en las que no había más mobiliario que sus cuadros, y me invitó a pasar a la sala donde él pintaba, sin duda menos fría.

Cuando nos sentamos tuve la impresión de que su habitual sonrisa había decaído. Es la ansiedad del artista cuando va a exponer, lo he visto en otros -pensé-. La conversación se fue tornando íntima, cercana, y comenzó a confiarme sus anhelos, como sucediera en el puente; estaba convencido de que él significaba el relevo: ya sólo quedaba vivo el maestro Solazaga, y cuando definitivamente él se fuera, quienes quisieran comprar paisajes de nuestra tierra tendrían que acudir a él. "Hubo un tiempo -me aclaraba- en el que intenté trabajar la escultura, como mi padre, pero me avisó de que donde había un Acevedo no podía haber otro".

Pintaba canas, y se había pasado la vida contando entierros. Una lluvia mansa salpicaba los cristales, traduciendo el rostro frío de la existencia. "Ya sólo queda uno, y siendo el más importante, últimamente no me deja dormir", fueron sus palabras mientras cruzábamos el puente. Yo callaba, y él nuevamente parecía tener necesidad de hablar:

- Sólo aspiro a ser reconocido por mí mismo, y no por ser el hijo de o el sobrino de...Ya sabes que incluso opté por dejar la escuela y volver a mi tierra buscando un lugar donde se me entendiese, pero no ha sido así. No era mi momento.

A mi amigo ahora se le hundían un poco los hombros. Decía vivir a la sombra de todos los pintores de la comarca, y principalmente a la de su familia; "pero ya sólo queda Solazaga, con sus noventa años a cuestas", repetía como una letanía.

El hombre de porte erguido y de una imponente seguridad en todos sus gestos, en su yo más íntimo, vivía un drama: su vida era una infelicidad a la espera -pensé-. De su mente surgían viejos recuerdos que me confiaba. Se creía depositario del tiempo. Comencé a verlo como desubicado del mundo real. Algo le había ido matando la alegría de vivir, y sólo le quedaba un sueño. Experimenté una sensación extraña, que no me agradaba, y propicié la salida de aquel lugar.

"Contando entierros toda su vida", me repetía mientras bajaba en el ascensor que me llevaría de nuevo al aire fresco de la calle. Me había dejado en el estudio la grabadora, pero no tenía ánimos para subir de nuevo. Le llamaré y lo arreglaremos -me dije-. Al rato estaba en la redacción, y esa misma tarde el reportaje quedó listo para salir en los próximos días. Naturalmente no desvelé, ni por asomo, su humano pero sórdido anhelo, y opté por la fidelidad al amigo, dejando incluso caer entre las líneas del texto algunos toques de admiración a su persona y a su obra. Cuánto sufrimiento nos afligimos a nosotros mismos en aras de cumplir algún secreto sueño: los sueños nos pueden salvar, leo en un poemario; ¿pero de qué?, si en realidad nada empieza ni acaba, sino que todo parece estar en nuestra mente.

Horas más tarde, dentro de mi labor de correctora, leía en la pantalla del ordenador la crónica enviada por un periodista que trabajaba para el periódico como *freelance*, y que saldría al día siguiente:

"Esta tarde, con una acogida extraordinaria, se ha inaugurado la exposición del joven paisajista Aimar Agote. Los presentes felicitaban al galerista por el acierto de haber recuperado para el arte de nuestra provincia a un pintor de su talla. Agote tiene veinticinco años, y regresa una vez finalizados sus estudios de Bellas Artes, y con el aval de haber expuesto durante los últimos años en diversa ciudades europeas, con un gran éxito. Su carrera se presenta realmente brillante, y más si tenemos en cuenta su edad. Fallecidos casi todos los artistas que en las últimas décadas han dado brillo al arte de la provincia, sólo podemos felicitarnos por esta nueva promesa que llega para instalarse en la ciudad".

En ese momento vi a Ignacio sobre el puente del río masticando la humedad de la noche, y en algo me reconocí en él.

El olor del silencio

Pedro Gollonet

Verano de 2011, canicular Julio, Grenoble, 83 Avenue de Vizille. La humedad se iza hasta la Bastille y se expande como por ósmosis entre las fisuras de los deslucidos ventanales de raída madera verdinegra, a través de las grietas desconchadas de lóbregos patios interiores, en plena confusión de olores de gastronomías multirraciales que no alcanzan a conformar aroma, empapando las coladas estiradas en alambres sin geometrías.

Es el desafío a la pérdida de identidad, al futuro más incierto, la rendición del pasado, la negación de una adaptación sin condiciones, en este sosiego de sábado silencioso de la Europa más ajada.

Principal izquierda. Contraventanas entreabiertas en un ensayo de claroscuros ahogados en la asfixiante calima que acentúa el natural sofoco de Mme. Cadoux. Desde hace treinta y cinco años Rose Cadoux cuida con esmero de la limpieza del edificio y siempre muestra su mejor sonrisa –ya casi mueca amable después de tanto tiempo– ante cualquier demanda de los inquilinos y, en especial, de los Falentin, propietarios del edificio, ruines pagadores de la pírrica retribución que percibe y titulares, por más, de la modesta estancia destinada a portería en la que habita con su marido.

En realidad, Mme. Falantin y su hijo André son un patético exponente de una burguesía francesa de postguerra con cierto tufo a alcanfor, anclados en la memoria distorsionada del General De Gaulle y activistas de un más que evidente racismo ante el cambiante paisaje urbano procedente de la inmigración.

Mme. Cadoux es respetada y querida por los vecinos del 83 de la avenue de Vizille, en especial y dada su irreemplazable quehacer para el mantenimiento del inmueble con tan escaso presupuesto, por los Falentin que residen en la segunda planta abuhardillada del edificio, amplia y con espléndidas vistas a la estación invernal de la Chartreuse, pero decorada con un gusto casi siniestro y, sobre todo, dispuesta en su mobiliario como si de un almacén de muebles viejos –que no antiguos- se tratara y con el confort suficiente como para que cualquier visita no tuviese una duración superior a treinta minutos –espacio temporal que los más sacrificados de los glúteos podrían soportar sentados en el sofá pretendidamente isabelino, hundido y con los listones de madera del armazón como casi único sostén del asiento-.

La luz apenas entra en el principal izquierdo, habilitado como tal cuando Mme. Cadoux –de soltera, Rosa Samper- se instaló con su padre como portero del edificio, tras enviudar unos meses después del nacimiento de su hija. Con anterioridad la estancia estuvo ocupada por la carbonera del edificio y un pequeño almacén para herramientas y utensilios de limpieza. El anterior propietario del inmueble se preocupó de adecentarlo como vivienda, pero jamás dejó de tener ese aspecto sombrío de tantas porterías de los edificios burgueses de la Europa de postguerra.

Monsieur Samper –español oriundo de Valencia- cambió las grutas y los apriscos de las montañas de les Vercours, en su larga etapa alistado en la Resistencia, por un ventanuco interior desde el que nunca dejó de echar de menos el aire puro de la montaña donde estuvo escondido durante 18 meses; siempre vivió aferrado al recuerdo de la libertad más pura, cuando creía carecer de ella.

Su lucha tuvo la recompensa del orgullo de haber contribuido a recuperar la libertad de un pueblo de las garras del fascismo, pero a fin de cuentas siempre vivió con el íntimo pensamiento de que la única compensación de aquellos meses de cautiverio en plena naturaleza fue el lúgubre habitáculo oscuro al que estuvo condenado de por vida. Una interminable partida semanal de petanca con artríticos excombatientes, aún más aburridos que el tedioso juego que detestaba y, de nuevo, al semisótano de la avenue de Vizille hasta el jueves siguiente.

A veces la libertad es un juego colectivo en el que podemos ahogarnos de por vida cuando el mundo libre por el que hemos luchado termina por olvidarnos.

Los exilios carecen de retorno; jamás revelan la ruta deseada. Algunos creen que regresaron, mas fueron sus ilusiones, sus cuerpos llagados por la memoria escarmentada. El trayecto desvanece las huellas para que no haya regreso y cualquier tentativa sobrevenga en atribulado fracaso, perdidos para siempre al abrigo de refugios que no disfrazan la aflicción por la marcha, la distancia, la ausencia, la soledad, la melancolía del imposible regreso.

Grenoble fue especialmente activa en la Resistencia a la invasión nazi y ocupa, orgullosa, un lugar destacado en los méritos de la victoria. En septiembre de 1943, las tropas alemanas ocuparon Grenoble. Desde el principio los movimientos clandestinos tuvieron un papel destacado. La Universidad de Grenoble los apoyó y aportó documentación falsa para los jóvenes universitarios que se unían al movimiento insurgente. Por su parte, el Abate Pierre, vicario de la catedral de Grenoble cuando se produjo la ocupación alemana de Francia, desplegó una ímproba y arriesgada actividad para ayudar a esconderse en refugios de la montaña a los jóvenes menos favorecidos social y económicamente e igualmente movilizados contra la invasión alemana.

No sólo fueron los nazis, sino los propios gendarmes del Gobierno colaborador de Vichy los que se presentaban con sus camiones vacios para llevar por la fuerza a cuantos eran sospechosos de resistencia, en un clima de delación que siempre se presenta a las puertas de cualquier dictadura.

El Abate Pierre falsificó documentos de identidad y salvoconductos para las numerosas personas que huían o eran buscadas, en especial los más humildes, y participó con todas sus energías en crear la red que permitía abastecer de alimentos, medicamentos y municiones a los grupos armados de la Resistencia que comenzaron a operar en las montañas de Grenoble.

En realidad la Resistencia comenzó con anterioridad cuando una treintena de jóvenes partió de Grenoble a luchar con los republicanos españoles y que, al regreso, fueron especialmente activos en la lucha contra el invasor alemán, primero en las fábricas y más tarde a través de los maquis.

En el tren que los condujo de vuelta a Francia y que se detuvo en Grenoble, viajaban unos cincuenta jovencísimos republicanos españoles entre los que se encontraba Ernesto Samper, que tras estar acampado en el pabellón de la Hulla Blanca, sin apenas agua ni alimentos y con un más que evidente desprecio de la sociedad civil de Grenoble para con los recién llegados, se unió a un grupo de jóvenes apoyados logísticamente por el Abate Pierre y partió a las montañas de les Vercours.

El 5 de noviembre de 1944 el General De Gaulle entró en Grenoble entre el júbilo de la población, otorgando a la ciudad la distinción de la Compagnon de la Libération, con el fin de reconocer, según sus palabras, una ciudad heroica en la cima de la resistencia francesa y el combate por la liberación.

Hasta la entrada en la ciudad de De Gaulle, Samper estuvo refugiado en la montaña y sólo entonces se consideró a salvo de las tropas nazis. Después de trabajar durante un tiempo en las fábricas de la Viscosa, el gerente de las mismas –Monsieur Falentin padre- le ofreció la portería en la que viviría hasta su muerte.

Rosa, que con el tiempo se acostumbró a que los vecinos afrancesaran su nombre -aunque en realidad fue Mme. Falentin en su afán de nacionalizar todo para la mayor *grandeur* de la France-, contrajo matrimonio tras un breve e insípido noviazgo con un repartidor de leche –Jerôme Cadoux- que proveía al edificio y que una vez que pasó a mejor vida el reparto a domicilio, se ocupó de atender servicios de jardinería de las villas situadas en la burguesa zona de Corenc.

Su diferencia de edad –quince años menor que Rose- siempre resultó evidente y lo que al principio del matrimonio, del que no tuvieron hijos, no supuso un obstáculo para su felicidad o, al menos, para una armonía razonable, fue dejando paso a una obsesión enfermiza y dolorosa para Rose, ya fallecido su padre.

Mme. Cadoux siempre supo que su padre murió de tristeza e inventó una extraña dolencia para salvaguardar el íntimo dolor y la soledad en la que su padre vivió inmerso en los últimos diez años. Rosita, como su padre nunca dejó de llamarla, sabía bien que llevaba años consumiéndose sin apenas recuerdos, sin más memoria que las montañas de les Vercours cuando al menos tenía la el orgullo de defender algo que lo hacía importante, algo en lo que creer, algo por lo que esperar, sobrevivir...

Ernesto Samper y Rosita sobrevivieron, a pesar de los años de residencia en Francia del padre y de que su hija no hubiese pisado jamás suelo español, convertidos en un par de desvalidos inadaptados.

La gente se muere de pena, cuando las piernas del alma se extenúan definitivamente; ocurre a diario y seguirá sucediendo hasta el fin de los días.

Si bien y al principio la silente tristeza y soledad de Rose Cadoux tuvo su origen tan sólo en la constatación de las leyes de la biología, en la actualidad ya era más que evidente que Jerôme pasaba en casa poco tiempo, apenas hablaba y se encontraba perdido en sus pensamientos, tal vez en el jardín de Mme. Dupis, por el que sentía una especial atracción, dada su desmedida afición por el cultivo de los hermosos rosales de la finca y, a buen seguro, por la más que evidente belleza de su propietaria a pesar de la edad que ya cultivaba. Puede que hasta el nombre de su esposa influyera en los primeros flirteos de la pareja, dada su obsesión por el cultivo de toda variedad de rosales.

Rose y Jerôme jamás hablaron de infidelidades ni de la situación sentimental del matrimonio. El silencio formaba parte de un pacto no escrito y menos aún hablado. La oscura oquedad de la vivienda se cargaba aún más con esa espesura del silencio de años, de esporádicas noches de amor mecánico, entre sombras, sin palabras, sin humedades, sin apenas gemidos, como si de sueños mudos se tratara.

Eran los únicos instantes en que Rose Cadoux se sentía aún viva y el silencio y la ausencia de palabras de amor eran el seguro con el que se abrochaba a la vida y a la poca esperanza que le quedaba de recuperar a Jerôme, de no perderlo, al menos.

Como tantos sábados, Rose planchaba las camisas de Jerôme que ya no dejan rastro del perfume de todos los aniversarios, desde..., ¡qué más da!. Por el patio se desliza la bronca y más tierna voz de Jacques Brel "*Ne me quittes pas…*" y su vientre se enciende en ardores de tormento. Las pulcras camisas destilan fragancia ajena, de elegantes e inalcanzables resinas que la penetran como puñales de sábado. "Ne me quittes pas! Vete, sí, pero regresa, amor mío, aunque vengas empapado de tu costosa pestilencia; no me dejes, amor, ..., ne me quittes pas!"

Hakim Bahloul comparte con un compatriota tunecino el lúgubre Principal derecha. En realidad se trata de un pequeño local comercial en los bajos del edificio que la avaricia de los Falentin convirtió en vivienda, ante el incremento de la inmigración en los veinte últimos años y la posibilidad de rentabilizarlo, a pesar del descarado racismo de Mme. Falentin que aparentemente quedaba relegado por su mísera ruindad e incluso le permitía jactarse ante el vecindario de su falsa e intachable filantropía.

Hakim trabaja en un Centro comercial de las afueras de Grenoble , de esos que, con mimético estilo, se erigen en ensordecedoras catedrales de la más absurda modernidad urbana, en especial en los ansiados, consumistas y bulliciosos sábados.

Durante la agotadora jornada Hakim ha trabajado sin entusiasmo alguno, abstraído de su entorno; sólo piensa en Sfax, sus dulces mareas, la esencia de algas yodadas y en su novia, Farah, su frágil cintura, preludio de todos sus sueños, su piel con olor a salitre de tantas noches de pasión y profundas miradas mudas en las vírgenes playas del Archipiélago de las islas Kerkennas.

Sfax no es, a primera vista, una ciudad demasiado atractiva para el turista que visita Túnez que, por lo general, elige otros destinos como Sousse o Hamammet. Sin embargo, Hakim sueña en la soledad de sus 20 metros cuadrados, en el 83 de la avenue de Vizille, con poder traer con él a Farah y tumbado en su cama aspira todas la noches el recuerdo del olor especial que las prensas de aceite dan a la ciudad, recorriendo a paso lento, con sus ojos entornados, las bulliciosas calles de la Medina con más sabor y autenticidad de Túnez. Allí no se comercia con artículos dedicados al turismo; sus habitantes acuden a comprar los productos del día a día y, en cada calle, en cada esquina, se palpa el alma de una ciudad viva y en continuo movimiento.

En el silencio del Principal derecho, tan sólo violado por las entrecortadas risas y palabras de parejas de recogida tras una agotadora tarde de sábado, Hakim se regodea en su paseo, deteniéndose en cada calle de la Medina.

Todo está perfectamente delimitado: Una calle para los herreros, otra para prendas de vestir, la de especies, un mercado para el pescado, otra calle para los afiladores y así continúa vagando por los aledaños de la Mezquita para finalizar tomando un té en cualquiera de los bares que bajan de la Medina por la calle que nace en la puerta del Bab El Kasba en la que se suceden los hostales baratos, destino de marineros, comerciantes y amantes de unas horas.

Hakim trabajaba antes de partir para Francia en un barco de los más de trescientos que se dedican a la pesca del camarón y en su memoria el imaginario paseo siempre termina, antes de conciliar el sueño, aspirando la densidad del olor a marisco, cada amanecer, al entrar el pesquero en la bellísima bahía de Sfax.

El verano anterior, mientras asistía en Sfax, abstraído y sin interés alguno, a una ceremonia de hermanamiento con la ciudad francesa de Grenoble, decidió que éste sería el destino en el que lucharía por una vida mejor junto a Farah.

Esta noche, a través del modesto equipo musical adquirido a medias con su compañero de piso irrumpe la nítida y masculina voz de Yves Montand: "*Ne me quittes pas*" y no puede dejar de pensar en Farah y en la posibilidad de que olvide las caricias de sus labios, los proyectos hablados las últimas noches compartidas bajo una luna creciente -augurio de una vida juntos aún por llegar-.

Su temor de perderla, de que otros postores con mejor fortuna la ronden, le hace estremecer y suda hasta empapar las sábanas, con la ayuda de la insoportable humedad que el río Isère arrastra desde los Alpes y expande por toda la ciudad, como manto de Julio.

Hakim es la sonrisa más limpia del 83 de la avenue de Vizille, tal vez la única que, a pesar de su soledad, de sus recuerdos, de su desarraigo, aún conserva el brillo de la esperanza en la mirada. Farah se refleja en sus pupilas cada anochecer, cuando la ciudad comienza su mortecino sueño.

Primero derecha. Paolo Vandone traduce a diario, incluidos los tranquilos sábados de Julio -los de todas sus estaciones- textos en italiano para el Departamento de Lengua de la Facultad de Letras de la Stendhal Université, de Grenoble, en la que ejerce como profesor de literatura y lengua italiana.

El profesor Vandone, tras el estudio de su Grado en Padua, su ciudad natal, se trasladó a Grenoble donde cursó el Master de la especialidad, realizó el doctorado y a su finalización pasó a formar parte del claustro de la prestigiosa Facultad de Letras de la Stendhal Université.

Su bisabuelo fue el primer Vandone en viajar y establecerse en Grenoble. La Primera Guerra Mundial aceleró el desarrollo económico de Grenoble, ya que con el fin de sostener el esfuerzo de la guerra, las nuevas industrias hidroeléctricas se desarrollaron aprovechando la hidrografía de la región y a las mismas sucedió la creación de otras tantas pertenecientes a la industria armamentística y química en las zonas de expansión de la ciudad, cercanas a la confluencia del río Drac con el Isère.

Este desarrollo industrial supuso un significativo incremento de la inmigración a la capital de los Alpes franceses y, en particular, de trabajadores de la próxima Italia, sobre todo de la región del Norte, que se asentaron en el barrio de Saint-Laurent.

Los antecedentes familiares y la cercanía de Grenoble influyeron sobremanera en la elección de la Universidad en la que completar sus estudios y finalmente ejercer como profesor.

No obstante, la marcha de Padua también supuso para Paolo su huída de la asfixiante atmósfera que cargaba la vida de un homosexual en la sociedad agresivamente machista de Padua y la hostilidad que su familia y amistades -a excepción de su madre- habían destilado sin piedad en sus años de Bachillerato y Grado en Italia.

Paolo se sentía tan profundamente libre ejerciendo su trabajo en la Stendhal Université como embarcado en una soledad arrastrada de los años adolescentes que le habían marcado con una melancolía crónica y un profundo escepticismo que contribuían a su aislamiento y a su obsesión por el estudio y lectura de la obra de Stendhal, al que admiraba profundamente y con el que se sentía identificado en su visión crítica de la sociedad, su anticlericalismo ejerciente y un cierto espíritu jacobino.

El hecho de que en el año 1814 Stendhal viajara a Italia, apoyara el movimiento de independencia italiano y durante siete años se dedicase a estudiar y escribir sobre la Historia de la Pintura en Italia, así como que publicara un libro de recuerdos titulado *Roma, Nápoles y Florencia en 1817*, aumentó su admiración personal por el escritor francés y la dedicación casi exclusiva al estudio de su obra.

El hecho de vagar por el centro de Grenoble, en torno al Jardin de Ville, le producía un especial placer con el que remataba sus solitarios paseos por las entrelazadas calles peatonales del Grenoble más antiguo. Casi adosada al actual Parque se encuentra la casa del abuelo de Stendhal en la que habitó Henry-Marie Beyle hasta su adolescencia –a Paolo también le gustaba recordar en sus tertulias literarias que el seudónimo Stendhal lo utilizó por vez primera durante su estancia en Italia- y en la que vivió sus primeras curiosidades por la ciencia, la literatura y la vida.

El profesor Vandone viaja dos veces al año a Padua y aprovecha para pasar unos días en la cercana Venecia. Estas estancias le permiten aspirar sus orígenes sin la presión de una sociedad a la que ignora y desprecia profundamente desde hace tiempo.

Como a Grenoble, dos ríos atraviesan Padua: el Bacchiglione, que la cruza, y el Brenta, que la circunda. Tal vez, las imágenes que su retina guarda con más exactitud sean las del Pratto della Valle, bellísima plaza de la época napoleónica, armónica en su enormidad y circundada por un canal del Bacchiglione, y la Piazza della Frutta que recorría de la mano de su madre antes que la vida le mostrara toda la mezquindad, ruindad de espíritu y maldad de que es capaz el ser humano, máxime en situaciones o ante hechos que no le reportan más beneficio que el daño ajeno; en su caso, ante lo que el misterio de la naturaleza le iba descubriendo sin el gozo y sorpresa que le debían haber reportado.

Paolo tuvo amantes sucesivos en Grenoble, ya que sus experiencias sexuales en Padua se limitaron casi a lo que fueron poco más que juegos adolescentes, incluso con compañeros de instituto de reconocida masculinidad en los experimentados ambientes machistas de la edad.

No obstante, salvo en una relación discontinua de un año -salpicada por el alcohol, las ausencias, mentiras y adicciones de su compañero-, todas, y a su pesar, carecían de la afectividad y del compromiso que durante años había soñado y resultaban de una frívola superficialidad que ya no estaba dispuesto a soportar más allá de dos noches de sexo, sin derecho a teléfono.

Paolo se divertía argumentando entre sus amigos de las organizaciones de defensa de los derechos de los homosexuales en la Universidad que debieran existir clubes de encuentros cuyo horario cubriera la franja que va desde el mediodía a las 18 horas, lo que contribuiría a que disminuyera considerablemente la ingente cantidad de terroríficas sorpresas que los amaneceres deparaban tantas veces.

Era evidente que se sentía cómodo en la ironía y gozaba provocando la polémica y el enfrentamiento con los más fundamentalistas dirigentes de las organizaciones gays, ya que no era nada sospechoso en la defensa de sus derechos y sí un predicador encendido del sexo más libre, además del hecho de que sus compañeros le aburrían sobremanera y jamás pensó en ninguno de ellos como partenaire o amante; nada más lejos de su personalidad que la de un remilgado clasista ejerciente en el trato con cualquiera que se cruzara en su camino, a pesar de que su carácter melancólico se escondía tras un caparazón inicial de prudencia e ironía.

En estos momentos ya había desistido de compartir su vida con alguien, pero, curiosamente, gozaba de la ternura y de la paz que un joven senegalés –Félix Mbò- le proporcionaba en encuentros semanales en los que el sexo era esporádico, aunque compartían la palabra y el pensamiento durante horas y se escuchaban con inmenso cariño y respeto.

Se conocieron en la cafetería autoservicio del edificio central de la Universidad; el joven senegalés trabajaba en el Servicio de Mantenimiento y Reparaciones, al tiempo que cursaba estudios de bachillerato en los Cursos que la Stendhal Université organiza para empleados procedentes de la inmigración en un programa de integración que estaba obteniendo excelentes resultados.

Paolo y Félix jamás hablaban de compromiso afectivo o de proyectos, ni tan siquiera intercambiaban palabras de amor; tan sólo se daban lo mejor de cada uno en esas citas plenas de serena complicidad.

Félix fue de los primeros en arribar a Europa en las oleadas de senegaleses llegados a través de España, después de todo tipo de vivencias sacudidas por el sufrimiento, de las que jamás le habló a Paolo y que éste evitaba a la espera de que fuese él quien en algún momento y libremente las compartiera.

Este sábado habían quedado a cenar en un restaurante italiano en las escarpadas faldas de la Bastille y a continuación se dirigieron a pie al 83 de la avenue de Vizille.

El día anterior Paolo había tenido la visita semestral al Hospital del Norte, Albert Michallon -Unidad de Infecciosos-, ya que estaba infectado por el virus V.I.H desde hace más de quince años, aunque su estado era excelente y la medicación mantenía el estado del virus prácticamente indetectable, si bien los efectos secundarios habían ido acumulándose en su cuerpo, en su tristeza y, sobre todo, en la soledad y el silencio más absolutos ante un mundo, por culto que fuera el entorno, que seguía viendo la epidemia como una lacra impregnada de comentarios a media voz, prejuicios y juicios acusadores y peyorativos.

Félix Mbò, la única persona enterada de sus circunstancias de salud, era conocedor de los devastadores efectos de la enfermedad y había visto morir a decenas de amigos y familiares en Senegal, antes de que los medicamentos retrovirales tuvieran acceso a los enfermos del llamado Tercer Mundo -probablemente quien así lo denominó nunca conoció más allá del tercer número ordinal- y de que la Organización Mundial de la Salud consiguiera introducir los equivalentes genéricos a pesar de los insaciables y humanitarios esfuerzos retardadores del lobby de los laboratorios multinacionales.

Estaban recostados en el sofá del salón –amplio, funcional y discreto, pero de excelente gusto- de la vivienda de la que Paolo era inquilino de los Falentin. Félix, sin previa conversación, preguntó: "¿Qué tal ha ido la visita al hospital, Paolo?".

Tras una breve pausa y con una enigmática sonrisa en los labios, contestó, sosteniendo su vaso de wodka con ambas manos: "… un centímetro menos"

"¿Cómo?", interrumpió Félix.

"La revisión ha sido rutinaria, como todas, pero ya sabes que es inevitable; las consiento con docilidad. Tienen la frecuencia justa para saberte dependiente, pero no angustiado.

Había una novedad sustancial: han pintado los pasillos y la zona de espera de un azul que se me antojó incomprensible en su mal gusto, aunque lo más probable es que los azules no busquen comprensión…" Paolo hizo una pausa y bebió un sorbo de su vaso de wodka con cierta sorna en la sonrisa. Félix lo observaba con infinita ternura.

"Después de media hora en compañía de dos prostitutas de edad inconfesable que discutían sin interés alguno sobre los ingredientes de una comida típica de su país, de dos presos acompañados por dos agentes de policía, un chico casi adolescente con el rostro contraído por un miedo insuperable y un conocido de una noche de copas cuyo nombre no he sabido nunca, la enfermera pronunció el mío con una amabilidad y cercanía absolutamente fingida, con un gesto de casi ofrecimiento de sus gruesos labios ridículamente repintados...

En realidad, no sé qué espero de estos encuentros; soy un número de historial y ya es de agradecer esa mueca aunque sea algo forzada. Pero ayer se produjo algo realmente excepcional, yo diría que casi mágico, una excitante novedad: ¡me midieron!, sí, y ¿sabes? 178 cm…."

"No veo lo excepcional, Paolo" espetó Félix sin esperar a que continuara.

"Sí, es extraordinario, Félix. Tan sólo he menguado un centímetro desde que estúpidamente estuve obligatoriamente alistado hace veinte años en un ejército estúpido, rodeado de inútiles estúpidos! ¡Un solo centímetro! Nada más que un centímetro -¡qué miseria!-.

Un solo centímetro para tanto dolor, tanta angustia sofocada en silencio, cientos de horas de soledad arrastrada. ¡Qué decepción! Tres centímetros, al menos, los habría considerado un precio justo. ¡Qué coste más raquítico! Había olvidado que las medidas…, que las penas, también gozan de perspectiva".

Respiró profundamente y continuó con la cabeza alzada hacia atrás: "Al principio, camino del restaurante iba dándole vueltas a la idea de que mi vida se resumía en la pérdida de un centímetro y que tan sólo era merecedor de esa mínima perdida, pero no, Félix; me detuve y pensé que era el mejor de los presagios: ¡Aún queda recorrido para seguir menguando y hasta más precio que pagar! Es todo un consuelo saber que todavía estoy sumergido en el duelo -o ¿acaso es un pacto?- que la vida y la muerte vienen manteniendo conmigo en rivalidad permanente…"

La habitación se inundó de un silencio cómplice, respetuoso, nada opresivo.

"Félix, no puedes imaginar cuantas noches sueño con la muerte. Realmente no soy nada original, todos pensamos que siempre es pronto para nuestra propia muerte...

La vida transcurre más rápido desde que te diagnostican la infección, en tu afán de sobrevivir y morir como cualquiera otro que no esté marcado por esta crueldad, pero al mismo tiempo luchas por ralentizar cada momento de bienestar o de paz, consciente de que puede no repetirse. Es como si la vida tuviera dos velocidades que quisieras dominar y en las que siempre fracasas.

Al principio, te despiertas cada día y te examinas el cuerpo, aterrado, a la búsqueda de síntomas. Nadie mejor que uno mismo conoce su propio cuerpo. Te contagian la culpa y la vergüenza. La culpa la abandonas pronto, porque amar y vivir forma parte de nosotros y tu orgullo rechaza ese sentimiento de inmediato; esto es fácil, pero la vergüenza se encargan de que te acompañe hasta el final. En realidad se trata de su propia vergüenza, es su venganza por no entender la vida, por su cobardía para comprender al ser humano, por su incapacidad para redimirse de sus propias miserias."

Félix disimuló sin mucho éxito su angustia por las palabras de Paolo.

"Es así…, Félix, no pretendo que mis palabras te entristezcan; son pensamientos de años que estoy vomitándote con pésimo gusto, abusando de tu compañía."

"Sigue, por favor", le suplicó el senegalés.

Asomado al gran ventanal del salón, Paolo continuó su monólogo dando un giro al mismo y como si no hubieran intercambiado las palabras anteriores:

"Hay muchos a los que una Iglesia les parece lúgubre, la vinculan al clero, ridiculizan a cada santo reproducido en figuras casi siempre exageradas, inexpresivas y exentas de emoción. Yo, sin embargo, en la penumbra de una Iglesia antigua, en horas en las que se encuentra totalmente desierta encuentro la paz más absoluta, cierro los ojos y me confino en mi yo más primario, desnudo, reconfortado, sin necesidad de cubrir mi soledad con creencias.

Es un silencio bellísimo, que no me agrede, no me angustia, el tiempo y yo detenidos en medio de sombras amigas. Esta tarde estuve en Notre-Dame y el olor a humedad de sus muros me ha poseído y me he querido como hacía tiempo no lo sentía. Me he querido, Félix, hasta llorar de alegría por mí.

Muchos prefieren morir con sus secretos; yo tan sólo los cuido, a la espera del instante seguro en que la vida me diga que es hora de arrojarlos a los pies del mundo.

Hace tiempo que los demás no me interesan en sus juicios viciados, desconocedores de lo que vale una vida. Sin embargo los secretos de amor, del falso desamor, de cualquier pasión, de toda amistad, el dolor compartido con quien sufre…, todo eso sí se quedará conmigo hasta después del fin. Son mi tesoro.

Esta noche lo veo con claridad: muchas veces nos preguntamos quienes somos realmente; pues, *les voilà*, yo soy la suma de mis silencios, olvidos, de mis secretos más íntimos, de mi sufrimiento, mis dolencias…, de mis risas desbocadas de niño, la suma de cuanto me han dado los que me han querido y de todo lo que he entregado a quienes he amado; casi todo lo demás son pobres circunstancias con las que alimentamos nuestro ego más despreciable y nos apartan de la vida, de cualquiera que nos necesita, de tantas miradas anónimas que nos interpelan ante nuestra insultante indiferencia…; al final lo que ha restado no cuenta si conoces el perdón que lo abrasa todo para que la miseria no nos acompañe.

"Ven aquí" dijo Félix con determinación y con un amor que Paolo no había sentido en todos estos años, desde que su madre le apretaba la mano en sus paseos por el Pratto della Valle.

El Profesor Vandone acudió como si de una orden se tratara y se dejó envolver por los larguísimos brazos de Félix que con todas sus fuerzas lo abrazó haciendo casi diminuto aquel cuerpo agotado y vaciado de sentimientos.

Así permanecieron fundidos hasta el amanecer.

Palabra a palabra, pausadamente y estrujándolo contra su pecho, Félix le musitó al oído con su bellísima voz, salida como de la profundidad de un bosque inmenso de verdades y frescura: "En Senegal no había este silencio social, tan sólo miedo e incomprensión y una aterradora soledad ante la muerte inevitable, envuelta siempre por la música de las voces de niños felices que jugaban mientras que sus padres y abuelos morían con una dignidad indescriptible, porque, como aquí, todas las muertes estaban impregnadas por la mayor de las injusticias".

Desde una cercanía indeterminada, rondaba la desgarradora voz de soul de Nina Simone "*Ne me quittes pas…*"

"Mme. Cadoux bonsoir". André se cruzó con ella en el portal del edificio mientras comprobaba el correo acumulado en el buzón de los Falentin. "Bonsoir Monsieur Falentin, ¿cómo se encuentra su madre? Hace días que no sale de casa; confío que esté bien. Ya saben que pueden contar conmigo para cuanto necesiten". Mme. Cadoux pronunció estas palabras desde el corazón.

A pesar de que su sueldo y el estado de la vivienda dejaban bastante que desear siempre estuvo agradecida a los Falentin, especialmente una vez fallecido su padre y aún más conforme se iba aislando en la soledad que su matrimonio le producía; sin llegar al sentimiento de familia, sí eran lo más cercano que afectivamente ella tenía en Grenoble.

Segundo Derecha –abarcaba también la vivienda izquierda, al haber sido unidas por una reestructuración de la planta realizada por el marido de Mme. Falentin hace años, aunque aún figurara en la puerta de entrada el primitivo rótulo anterior a la obra-.

La vivienda de los Falentin -a excepción del estudio que André disfrutaba en la buhardilla superior y que resultaba cómodo, luminoso y blindado por una excelente biblioteca que lo hacía especialmente acogedor- podía servir de decorado de interiores para cualquier film que en él pudiera rodarse y en el que el terror o un barroquismo de pésimo gusto fueran protagonistas esenciales de la trama.

Mme. Falentin -Céline para sus dos únicas amigas, ya fallecidas- demostró siempre la edad que iba cumpliendo a pesar de sus excesos en el uso de pinturas, maquillajes y peinados que eran casi fieles reproducciones de las volutas de la fachada de la catedral. A Ernesto Samper -más que prudente en todos sus comentarios- nunca dejó de resultarle lo más parecido a un ninot de una Falla de su tierra y la observaba siempre con respeto, pero con una curiosidad irónica con la que su hija disfrutaba, pues era de los pocos desahogos que su padre se permitía en la intimidad de la portería, aunque no participara de ellos a su yerno de quien nunca confió.

En realidad cada aparición de Mme. Falentin al entrar en el hall del inmueble era como un *dejà vu* de las fiestas de su ciudad natal, que, de alguna manera, lo sacaban de la monotonía de la vida en el semisótano en el que estaba recluido y lo trasladaban a su infancia, cuando saltaba emocionado en cada mascletá en la que el olor a pólvora no era sinónimo de muerte y sinrazón.

Una vez fallecido Monsieur Falentin padre, discreto sufridor de por vida del carácter posesivo y opresivo de su esposa, Mme. Falentin desplegó toda su personalidad en el pequeño mundo del Segundo Derecha, esto es en su único hijo a quien siempre trató con distancia, sin muestras de afecto de tipo alguno y envolviendo la convivencia en una relación autoritaria, seca y sin el más mínimo resquicio de ternura.

En su afán de aparentar una posición económica y social casi aristocrática, durante años se dedicó compulsivamente a la compra de muebles que ella denominaba de época y que lo único que compartían con la Historia era la polilla que acumulaban y haber sido testigos de las vidas de familias de clase media empobrecidas y necesitadas de vender sus mobiliarios para poder subsistir en los duros años de postguerra.

Además, su sentido de la armonía, producto de su rebuscada mente, hacía que la decoración -en especial la del salón de la vivienda- resultara difícilmente descriptible en su disposición, como si todo estuviera permanentemente preparado para la llegada de un comprador propietario de un comercio de muebles usados del extrarradio.

Esta afición la completaba con la adquisición de fotografías y cuadros, de pésima e indisimulada calidad artística y sumamente retocados, de antepasados inexistentes y con la invención de apellidos que entroncaban a la familia con nobles que en su particular ascendencia llegaban al reinado de Luis XVI.

Como Mme. Falentin carecía de vida social desde el fallecimiento de sus dos únicas amigas a las que siempre embaucó con las falsas historias de su rancio linaje y que, de otro lado, se reducía a un café semanal en el Grand Café de Lyon, toda la parafernalia coleccionada no disponía de mejor plató que su medida actuación en los comercios del barrio, en particular en la boulangerie que siempre consideró de mejor condición que otros establecimientos de alimentación, ya que su pedido de cada viernes de seis croissants no prejuzgaban su posición económica y siempre resultaba más que elegante en su pronunciación -que se cuidaba de exagerar ridículamente- y una muestra irreprochable del más rancio nacionalismo francés.

André Falentin ejercía como magistrado en el recientemente construido Palacio de Justicia de Grenoble, en la moderna Área de Europole. La funcionalidad y acristalamiento del edificio le permitían respirar alejado de todos los ácaros que cohabitaban en el abigarrado salón de la avenue de Vizille.

El carácter de su madre, lo apocado de su padre y la escasa participación de éste en su educación, así como su físico aparentemente enfermizo y debilucho, habían condicionado su personalidad retraída y sus casi nulas relaciones sociales que, además, siempre debían pasar por el previo conocimiento, criba y autorización de su histriónica madre, lo que le llevó al más absoluto de los aislamientos y a una entrega total a su función judicial.

Su profesión, producto de una inagotable capacidad de estudio más que de su brillantez y elocuencia, era lo único que a Mme. Falentin le producía algo cercano al respeto hacia su hijo, puesto que nunca le mostró admiración alguna.

Es más, su condición de magistrado la utilizaba como los retratos falsos, los cachivaches procedentes de viajes nunca realizados o los muebles de falsos antepasados de nobleza más que dudosa. Era un objeto más para la representación de una vida llena de mentiras y en la que el control posesivo y despectivo hacia su hijo era el ingrediente esencial para que toda esa pantomima no se desmoronara como un castillo de naipes.

André jamás había besado, nunca tuvo en sus brazos un cuerpo de mujer -excluido el de su madre en su ineludible deber de cuidado de las muchas enfermedades que arrastraba y que casi siempre fingía- e incluso sus solitarias experiencias sexuales carecían de la imaginación precisa para hacerlas algo más que un acto repetitivo, físico y sin un sentido del placer más allá del desahogo que con puntualidad y siempre en viernes y sábados cumplimentaba en el estudio de la buhardilla, metódicamente y como si de un Auto judicial se tratara.

Aquella tarde de sábado se recluyó en el estudio, cumplió con su dosis semanal de placer, consultó Jurisprudencia, corrigió dos sentencias que debía firmar la semana siguiente, se dio un reconfortante baño mientras escuchaba la voz clara de Kiri Te Kanawa "*Beim Schlafengehen*" y esperó que su madre se retirara a sus habitaciones después de haber tomado la ración diaria de ansiolíticos, la medicación para la tensión arterial elevada que le ocasionaba el estrés por la función teatral que representaba a diario desde hace años y tras haber enterrado su rostro con toda clase de inútiles cosméticos que la preparaban para dormir oculta tras una especie de trágica máscara oriental.

Jamás se dieron las buenas noches, ya que habría sido una concesión imperdonable al afecto que los descendientes de Luis XVI no debieran permitirse jamás.

A mediodía, André había enriquecido meticulosamente el contenido del tratamiento para la tensión arterial con veinte gotas de un preparado químico con un altísimo contenido de un popular medicamento contra la artrosis –retirado recientemente por las autoridades sanitarias del mercado farmacéutico dados sus devastadores efectos secundarios de índole cardiaca- y potenciado con cafeína concentrada.

Administró en el frasco con una etiqueta amarillenta que rezaba "Tensión" una dosis triple de la hallada en cadáveres a los que se les había practicado la autopsia y que según los archivos consultados de la Jurisprudencia penal más reciente coincidían en casos en los que la sospecha de envenenamiento con resultado de muerte por fibrilación auricular y embolia siempre terminó en el sobreseimiento de las causas por las divergencias entre algunos facultativos forenses y la presión de los laboratorios implicados, con el consiguiente archivo de las investigaciones, a pesar del reconocimiento del efecto letal y absolutamente cierto de su administración.

Ningún compañero se atrevería a pensar, muchos menos aún a insinuar la práctica de la autopsia a la madre de 83 años del buen André Falentin que en su soltería y carácter débil quedaba sólo y desposeído del único familiar que se le conocía, de la resignada madre que le dedicó toda su vida y que serenamente falleció plácidamente mientras dormía con su disfraz de ópera japonesa.

A pesar de la hostilidad de cuanto le rodeaba, de todos aquellos muebles que detestaba, de los parientes inexistentes a los que odiaba, de su republicanismo exacerbado a raíz de su desprecio hacia a todo lo que descendiera de Luis XVI, de la inexistencia de amigos, amantes, de no haber podido jamás tener la oportunidad de cuidar a un animal…, jamás se había sentido mejor, comprendió el verdadero sentido de la palabra libertad, respiró reconociendo sus pulmones en toda su capacidad, lentamente, placenteramente..., y se arrebujó hundiéndose en su espacio más reconocible, en el sillón de piel que había junto al ventanal -tal vez lo único por lo que sentía cierta estima en aquella cárcel en la que había vivido desde su nacimiento-.

André Falentin estuvo así, inerte, sin apenas pestañear durante toda la noche, como si lo hubieran congelado en su raído sillón, desvencijado por todos los sueños tragados.

La televisión estaba encendida, sin apenas volumen, y se sucedían como una tortura inevitable las más absurdas escenas de la surrealista publicidad que las cadenas reservan para estas horas en su programación. La bochornosa calima que bajaba de la Bastille penetraba a través del patio interior y la mortecina luz que cubría la habitación reflejaba su rostro fantasmal en la pantalla.

La atmósfera, viscosamente silente, se había hecho insoportablemente densa. En todos los finales siempre aflora un silencio amenazante.

Giró la cabeza en su derredor y por un instante se turbó al hacerse presente una soledad que nunca había conocido, nueva. Se observó envejecido en el reflejo que la pantalla del televisor le devolvía y recordó que no celebraba un cumpleaños desde hacía 30 años. Le habían bastado diez segundos, tan sólo diez, para reconocer en aquella imagen al tardío adolescente que fue, al fabulador de los más atractivos universos.

Se sintió reconfortado en la ausencia de cualquier sentimiento de culpabilidad. Todo le resultaba ajeno, extraño, incluso su propio rostro y pensó que aún era tiempo para la rebeldía olvidada, para el coraje, la osadía, sus frases más agudas, las risas sin sonrisa, destinos reales, los amables pecados... La noche no le había dejado ni la fresca cicatriz del instante.

La claridad arrojó sin permiso sus primeras luces, se transparentaron e iluminaron la estancia. La voz de Nina Simone ascendió como hiedra trepadora por el patio del edificio, acariciando los visillos entreabiertos del salón de los Falentin: "*Ne me quittes pas*".

André repetía la letra como si del mantra de un anciano taoísta se tratara, con inflexión mas con una rabiosa ironía: "ne me quittes pas..., por fin me has dejado" y le invadió un irrefrenable anhelo de abandono en sí mismo.

Pudo despegarse de la sudada piel del sillón, caminó con la lentitud de quién conoce las claves del tiempo y franqueó con indisimulada excitación la puerta de salida, a la búsqueda del Isère, de la fuerza que necesitaba al oír la corriente violenta de sus aguas, asaltado por un miedo atroz a la ceguera que ese amanecer pudiera ocasionarle al carecer de todas las sombras de las mentiras en las que había vivido.

Mientras descendía abstraído por las escaleras pensó que las cosas que realmente importan a los seres humanos ocurren mientras el mundo se aburre, dormido en su letal conformismo.

Por el balcón entornado del salón de Paolo Vandone despuntaron los primeros rayos de un sol de domingo de Julio que ya anunciaba su castigo.

"Félix ¿has pensado alguna vez que el silencio pueda tener un aroma especial cuando esconde tristeza, secretos, dolor…, desarraigo, marginación…?". Paolo hablaba consigo mismo, sin esperar respuesta, con la cabeza recostada en el vientre de su amigo; pensó que dormía y no le escuchaba, pero tras un lento y pacífico minuto, el senegalés respondió con voz apagada y los ojos aún cerrados: "A soledad, Paolo, el silencio huele a soledad…, es como una metástasis de sombras que inunda el alma, una presencia insondable…, a soledad, Paolo".

Por un instante le resultó insultante tanta lucidez. "Sí, a soledad, es cierto, Félix, pero hasta el final abominamos del vacío, buscamos que nos quieran, porque nos da pavor marcharnos sin sentimientos, sin que la esperanza haya crecido en el último pasto…".

El sol ya brillaba con hambre y encendía íntegramente el patio interior del inmueble, envuelto en un inmenso silencio de domingo que emergía a través de los poros de los agrietados muros de cada una de las viviendas del 83 de la avenue de Vizille, a la búsqueda de su agonía en los pedregales rocosos de la Bastille.

Una experiencia secreta

Antonio Guerrero

Se desnudaron rápidamente: primero la parte superior del cuerpo y después, entre risas, la inferior; entonces abrieron el maletero del coche para dejar las prendas mezcladas y enmarañadas. Tras oír el chasquido metálico del vehículo se alejaron rápidamente en busca del parque. No podían hacer ruido; tenían que pasar desapercibidos entre las sombras de los edificios. Además, en los pies tenían llagas y cicatrices de otras veces que habían ido desnudos por las calles de la ciudad por lo que no podían demorarse mucho. Al llegar a los matorrales dieron un salto para caer sobre el césped. Allí encontraron una sensación a ubicación natural; se regodearon en la humedad de las hojas. En ese momento se detuvieron e inspiraron con fuerza. Ensimismados, se miraron profundamente; trataron de recabar cada detalle de la figura del otro, hasta la más mínima referencia. Y lo hicieron sin sentir pudor de la mirada ajena. De una manera u otra sus cuerpos desnudos dejaban a la vista los sexos por lo que las miradas caían irremediablemente en la perplejidad. Estaba claro que aquella era una experiencia singular. Todo estaba contaminado por una sensación parecida a la ingravidez que les dejaba vacíos de si mismos.

Casi inmediatamente el hombre dijo en voz baja: "…vamos a prepararlo todo". Entonces comenzaron a colocar sobre el suelo algunos objetos que habían traído del coche. Una vez allí, los observaron fríamente. De todos ellos eligieron unos pasamontañas negros. Se trataba de los útiles más precisos. Cuando los tuvieron en las manos, se los plantaron en las cabezas dejando un hueco para la nariz y para los ojos. No repararon en ceñir bien las máscaras. A continuación, devolvieron la mirada al resto de los utensilios. Cada uno extrajo, de aquel conjunto, una herramienta de acero de gran tamaño. Ese objeto les serviría para prolongar el goce por lo que lo agarraron con las manos y se lo llevaron al tórax. Descargaron sobre él algunas emociones. Como si de niños pequeños se tratara lo consideraron una parte de si mismos. Tras eso, solo les restaba buscar un lugar oculto. Y así lo hicieron: analizaron bien los recovecos del derredor y se cobijaron cerca de unos espesos matorrales junto a los árboles. En ese momento miraron a todos los sitios para cerciorarse de que estaban a salvo. Unos segundos después, cuando no encontraron nada sospechoso, se relajaron. Entonces fueron poco a poco sentándose en el suelo. Sin darse cuenta, dejaron caer su cuerpo sobre el césped. Mucho más calmados miraron hacia arriba. Al detectar el cúmulo de estrellas se detuvieron a observarlas. Poco después, extendieron las piernas hacia delante. En el interior de cada uno de ellos apareció algo parecido a la placidez.

Ensimismados con la contemplación, la mujer giró la cabeza y observó con detenimiento el cuerpo desnudo del hombre. Sonrío con tibieza; dejó entrever una sonrisa zurda parecida a la inmoralidad. A la sazón susurró tímidamente: "…vamos a esperarlo". El hombre, al oír aquellas palabras, la miró y se inquietó. Algo agitado asintió con la cabeza. Suspiro de manera entrecortada y reconoció para si mismo que esa era la razón por la que estaban allí. Sin embargo, aguardar a otro hombre, era algo que le generaba extrañeza; le incomodaba por así decirlo. Y ese malestar palpitaba en sus sienes de forma repetitiva. Parecía el zumbido de una abeja al acercarse.

En realidad, se veía a si mismo cerca de un abismo indescriptible lleno de inseguridades y de desconocimientos. Era la primera vez que vivía algo semejante y como todas las primeras veces dejaba un reguero de pavor, culpabilidad y exaltación. No obstante, movido por el estremecimiento que le generaba aquella emoción, se armó de valor y, más sereno, le dijo a la mujer: "...lo haremos tal como nos dijeron". Ella cerró los ojos como señal de confirmación al escucharlo. Sonrió con ironía al mismo tiempo. Ambos sabían lo que iba a pasar cuando la tercera persona llegara. Y lo deseaban. Incluso lo veían como algo inevitable. El logro de aquella noche consistía en que todo era un reto: la propuesta de otra persona ajena a ambos. Desde hacia un tiempo se habían aventurado a vivir las situaciones extremas que alguien les sugería. Cada vez eran cosas nuevas. En esta ocasión el desafío consistía en dos hombres y una mujer viviendo algo excesivo.

La verdad es que formaban parte de un grupo del que nada habían dicho a sus conocidos. La mayoría de la gente les consideraba una secta, pero a ellos les daba igual. Tan solo tenían en cuenta que les hacían sentirse libres, y con eso era suficiente. Cuando estaban con ellos no tenían sentimiento de culpa ni de miedo; podían ser otros seres humanos, los que no eran, los que no habían sido nunca. Gracias a esa comunidad podían desnudarse en la playa o en la ciudad sin sentir pudor. Incluso, en lo extraño e incalculable, podían hacer el amor en grupo, delante de muchos rostros. Para ello disponían de unas sustancias opiáceas que siempre tenían a su alcance. Cada vez que las tomaban eran capaces de hacer cualquier cosa que les dijeran, más allá del bien y del mal o más allá del fortaleza y la debilidad.

Cuando menos lo esperaban apareció Roberto Crespo por aquel lugar. Su existencia marcaba el sentido de aquella noche porque era la persona que estaban esperando. Lógicamente al verle se inquietaron; se estremecieron. En el momento que advirtieron su presencia, el corazón de cada uno aumentó el ritmo para que la sangre circulase con mayor rapidez. Las inspiraciones agilizaron su intensidad restregando a las plantas el rifirrafe de sus expiraciones. En realidad, estaban envueltos por el estruendo de saber que aquella experiencia acababa de comenzar. O dicho de otra forma, quedaron bañados por la certeza de que aquel acontecimiento era inevitable, irremediable e irreversible.

Movidos por esa certeza, adelantaron sus cuerpos para examinarle. Le siguieron con la mirada en todo momento para no perder ni uno solo de sus ademanes. Y desde los matorrales observaron a un hombre corpulento que parecía una figura indeleble entre los coches de la calle. Su cuerpo de grandes dimensiones no pasaba desapercibido para ninguno de ellos. A la sazón, le oyeron hablar solo. En el aislamiento de la noche sus palabras sonaron como ecos entre los edificios. Se referían al trabajo en el periódico y a su ex-mujer. Daba la sensación de que se encontraba abatido, perdido entre el cansancio y el sueño. A todas luces era un hombre gastado por la agonizante rutina. Cuando Roberto tomó el camino interior del parque afinaron la vista aún más.; observaron como deambulaba con un paso indisoluble hacia donde ellos estaban. Le vieron mientras atravesaba hojarascas y oscuridades en su recorrido. Sus pasos lentos les estremecían por lo irrevocable de los mismos. Siempre cogía ese sendero porque era la forma más corta de llegar a casa evitando un rodeo por la calle. De lo contrario tendría que coger varias esquinas llenas de semáforos y pasos de cebras. A fin de cuentas, nunca le dio miedo la oscuridad. En ningún momento de su vida llegó a amedrentarle un paisaje tétrico y bañado por la cerrazón de la noche. Ni cuando era niño había sido así. Mucho menos iba a serlo aquella noche. Jamás sintió reparo de todas las suposiciones sobre lo malo que podría pasarle a esas horas. Siempre consideró que eran historias de vieja.

En el momento que estuvo a unos metros se conmovieron. Llegaron a sentirse exhaustos por la circunstancia. Sin embargo, el hombre inspiró con fuerza y se serenó. Tuvo el empeño de cumplir el objetivo como fuese. Tocó, así, el brazo de la mujer para que estuviera preparada. Ella asintió de espaldas a él y se enfrascó también en el desenlace. Al verle llegar al lugar exacto donde se encontraban, comenzaron a levantarse. Anduvieron varios metros con sigilo tratando de hacer el menor ruido posible. Entonces el hombre miró a la mujer. Con su gesto estaba advirtiéndola de que aquello era inminente. Ella respondió al guiño con una mirada cómplice.

A raíz de eso, y casi sin pensarlo, el hombre se llenó valor y salió de las sombras de la maleza. De un salto se colocó frente a Roberto Crespo, sorprendiéndole. La mujer, al verlo, hizo lo mismo: saltó a su encuentro siguiendo el ritmo de su compañero. Y Roberto, que no esperaba nada de aquello, se asustó estrepitosamente. Retrocedió unos pasos casi al borde del infarto. Segundos después, y extenuado, se detuvo a observar la situación: tenía frente a él los cuerpos desnudos de dos jóvenes. Estos, además, tenían en sus cabezas unos pasamontañas negros. Por si fuera poco, cada uno de ellos portaba en las manos una herramienta contundente. Aquello no tenía sentido –pensó -. No podía ser. ¿Por qué estaban desnudos? ¿Qué pretendían aquellos jóvenes con semejante aspecto? ¿Qué estaba pasando? Aquella situación era inimaginable para una persona que, abatido por un largo día de trabajo, solo ansiaba regresar a casa y desaparecer entre las sábanas.

De todas formas, los jóvenes siguieron con lo previsto. No quisieron dejarle tiempo para reaccionar. Por lo que se enrolaron en su objetivo con obcecación. A partir de ahí sucedieron unos hechos muy insólitos: el hombre comenzó a golpearle la cabeza con una llave inglesa hasta dejarlo inconsciente. Los brotes de sangre le salieron rápidamente, incluso antes de perder el conocimiento. Sus gritos fueron espeluznantes. Cuando el cuerpo estuvo sobre el suelo, la mujer aprovechó para cortarle las manos con una sierra. Él la ayudó en ocasiones. Poco a poco fueron sesgando su cuerpo con ensañamiento, con crueldad, desprovistos de cualquier rastrojo de humanidad. Se dejaron llevar por un no saber, no regir, no sentir que extendía a su alrededor un silencio transcendental. Fragmentaron las extremidades y el tronco con la naturalidad propia del enfermo, o tal vez con la del profesional. Y, si hay que decirlo todo, disfrutaron de ello. Con el cuerpo descuartizado y esparcido por aquel camino interior del parque, solo les restaba una acción: ir a por un espray que habían dejado en los matorrales. Al encontrarlo, buscaron el banco de madera más cercano. Entonces escribieron el nombre de su grupo: *Secretos*. Al hacerlo mostraron una mueca de complacencia entre los labios. Estaban orgullosos de haber matado a uno de los periodistas más importantes del país. Ese era el reto que tenían del líder de su grupo: matar a una persona muy conocida mientras sus cuerpos permanecían desnudos. De esa manera se hacía presente una de las máximas de su comunicad: el erotismo de la muerte era el único placer que podía superar al orgasmo.

Aún con el ánimo eufórico ella le dijo a su compañero: "...vámonos de aquí". De esa manera comenzaron a correr, con las herramientas y los cuerpos impregnados de sangre, hacia el vehículo. En su paso dejaron un reguero rojo que traslucía desde lejos. Mientras huían trataron de evitar sospechas. Temían ser descubiertos por las miradas anónimas de algunos de los edificios próximos. Por eso hicieron el menor ruido posible. No obstante, con algo de suerte, llegaron al coche sin ser descubiertos. Rápidamente abrieron el maletero. En esa pose se vistieron con lo más imprescindible, con apenas unos pantalones y una sudadera que se manchaba con las huellas rojas de las manos. No recabaron en ello más de lo necesario. Después, y extenuados, se introdujeron en el interior de habitáculo; arrancaron el motor y salieron a toda velocidad de aquel lugar. En la fuga golpearon algunos vehículos aparcados y rompieron varios espejos retrovisores. Minutos después, al alcanzar la avenida principal y dejar atrás, aquel conjunto de calles que rodeaban el parque, respiraron algo más tranquilos. Entonces el hombre indicó: "...ya podemos quitarnos los pasamontañas". Y así hicieron. Con las manos manchadas se desprendieron del la prenda negra. Al quedar liberados, la mujer lo miró y le aseveró: "...matar me ha gustado más que el sexo. Tener el poder de quitar la vida a alguien es increíble. Ningún orgasmo me había asemejado tanto a Dios".

El secreto de la experiencia

Una semana después de que muriera Roberto Crespo, el hombre y la mujer se encontraron en una calle próxima a las Ventas, en Madrid. Aunque trataron de que el reencuentro fuese frío e indiferente, cuando se vieron sintieron una emoción que no pudieron contener: se alegraron. No obstante tuvieron que ocultar rápidamente sus sentimientos. Las órdenes eran pasar desapercibidos en todo momento evitando cualquier manifestación emocional. Su grupo lo había determinado así. Bajo ningún concepto permitirían ninguna acción que delatase a la comunidad. Es mas, les habían dejado muy claro que la opinión pública no podía saber nada de ese reencuentro. Sus nombres no podían tener relevancia. Debían ser personajes anónimos al margen de las tiradas de los periódicos, de los avances televisivos y de las informaciones en internet. Lo único que, su líder, quería que pasara a la historia debía ser aquello que los medios de comunicación habían difundido ya: que Roberto Crespo, uno de los periodistas más importantes del país, había sido asesinado y que la policía española no encontraba a sus verdugos.

Por ello, las ordenes habían sido muy precisas: los habían requerido, por teléfono, para salieran de los escondites, en los que habían estado desde la muerte de Crespo, y se dirigieran clandestinamente a aquella parte de la cuidad. Allí esperarían una segunda llamada que los conduciría a un lugar concreto. Al verse no podrían dirigirse el uno al otro, ni siquiera podían mirarse más de lo necesario. Él debía esperar en la esquina de una calle y ella, de forma discreta, en la puerta de una cafetería al otro lado de un cruce. El llevaría pantalones vaqueros gastados y jersey negro. La mujer, para no llamar mucho la atención, pantalones oscuros y anorak del mismo color. A esa hora de la noche sería más fácil pasar inadvertidos. Nadie repararía en ellos si no llamaban en exceso la atención.

No obstante, a pesar de todas estas indicaciones o mandatos, los asesinos se ilusionaron al verse. Aunque actuaron según ordenes, y no se dirigieron la palabra, sintieron una gran emoción en su interior que se plasmó en la satisfacción de sus rostros. Por alguna razón los días que habían permanecido ocultos habían pensado el uno en el otro, sin que el movimiento lo supiera. Habían tenido muy presente los recovecos del otro cuerpo. Por eso cuando estuvieron frente a frente, a pesar de estar en puntos distintos, no pudieron disimular el empeño que tenían en observarse mutuamente. La mujer, en primer lugar, apreció que el hombre era bastante alto y que su cabello ondulado se mecía por el viento. La amplitud de su espalda le delataba como una persona curtida por el deporte. En el fondo necesitaba que esa noche pasara algo entre los dos. Tal vez que él la abrazase con sus brazos y que, entre susurros, le hiciese el amor. El hombre, a continuación, se concentró en los senos turgentes que imaginaba bajo el anorak. También lo hizo en la tez clara de las partes visibles de su cuerpo. Le seducía suponer que esa noche pudiera tocarla. Desde que la vio, en el parque, tenía en el cuerpo una sensación inevitable a animalidad. Ese estado interior se acrecentaba cuando miraba obcecadamente el cuerpo y lo convertía en objeto de deseo. A todas miras, para él, era una chica muy atractiva.

En ese momento sonó el teléfono. El hombre, que tenía el aparato en uno de sus bolsillos, se estremeció. La mujer al verlo se sintió contagiada por la vibración. De esa manera, ambos, pasaron de la mudez a la reacción química más inmediata. Lógicamente, la llamada para ellos tenía un significado especial: al fin iban a estar juntos. Por eso, cuando escuchó el timbre, el hombre asió el terminal con la mano temblorosa y respondió casi entre susurros. Una voz grave le dijo una dirección que él rápidamente memorizó. Tras eso, y agitado, hizo un ademán a la mujer para que le acompañara a varios metros. Ella, que permanecía callada, le siguió guardando las distancias exigidas. De la misma manera miró de izquierda a derecha para comprobar que nadie les seguía.

Poco a poco, con esa connivencia, fueron llegando a una zona concreta de aquel entramado de calles de Madrid. El lugar que le habían dicho estaba en una pequeña plaza vestida de descuido y ancianidad. En ese horizonte urbano se encontraban un bar muy añejo, un local de prensa cerrado, y una sede filatélica que daba muestras de tener pocos afiliados. Justo en la esquina de uno de los edificios, adyacentes a la plaza, se encontraba el portal que estaba buscando. Allí se dirigieron soportando la distancia que les separaba. Al cabo de unos segundos, llegaron a la puerta de entrada. Entonces pudieron comprobar que, al fin, estaban a la misma altura. En ese momento se regalaron una miradas cómplice. Sin embargo no quisieron abrazarse ni siquiera hablarse. Prefirieron seguir las instrucciones que les habían dado.

En esa pose, y en silencio, comprobaron que la puerta estaba abierta. Les extrañó. A pesar de todo, decidieron aprovechar esa oportunidad para entrar con rapidez. Lo hicieron también con sigilo. Una vez dentro hallaron unas escaleras. Al verlas, el hombre entendió que tenía que subir. Y así hizo, indicando a la mujer que fuera tras él. De esa manera subieron varias plantas sin hacer apenas ruido con la respiración. Guardaron el máximo silencio posible. En la planta segunda se detuvieron; detectaron una puerta abierta. No sabían si era allí donde debían pararse, en realidad, pero decidieron acercarse y mirar al interior. A la sazón, y para su sorpresa, una voz sin rostro les indicó a entraran a prisa y que no se detuvieran demasiado en el pasillo. Sobrecogidos, ante el asombro de aquellas palabras, decidieron actuar en consecuencia: entraron con rapidez sin analizar demasiado la situación. El hombre, en ese momento, cogió del brazo a la mujer. A ella le gustó. Aún así, tiró de ella para caminar por el interior de un oscuro pasillo. En ese momento la puerta se cerró de un golpe seco. El ruido les inquietó. Unos pasos, atrás, escuchaban el tintineo del individuo que les había hablado antes. Era un hombre mayor, un tanto arrugado y encorvado.

Poco después llegaron al salón. En aquel lugar vieron a cinco personas en silencio. Al poco llego la persona que les seguía. Se extrañaron porque ni este ni los demás eran los compañeros de otras veces. Aquellos rostros eran totalmente desconocidos. Para su asombro, estos, les miraban con detenimiento casi el punto del examen visual. El hombre, suspicaz, retiró la mano del brazo de la mujer para centrar su atención en el contexto. Ella lo lamentó. Las personas que estaban allí, al ver como se alertaban, reaccionaron. El de mayor edad se levantó. Con una voz grave les preguntó si todo había ido bien y si alguien los había visto en los últimos días. El hombre respondió a todo que no se preocupase, que habían tomado las medidas oportunas. Y se lo reiteró varias veces, ante la insistencia de aquel, ya que temía que hubieran cometido algún error. Al poco, este, les inquirió si habían sido descubiertos en el trayecto hacia el piso en el que se encontraban. El hombre remarcó que tampoco los habían visto llegar. Les aseguró que podían estar tranquilos. Entonces el resto de las personas, que aguardaban en el sofá, se levantaron y se acercaron con sigilo. Al tenerlos muy cerca les indicaron que los siguieran hacia una habitación. Sin saber que decir les siguieron, ¿qué otra cosa podrían hacer? El hombre mantenía cierto recelo; aunque esperaba que todo se resolviera tal como había imaginado.

Cuando llegaron a la habitación, en concreto, descubrieron que era bastante amplia. Encontraron las paredes de color ocre y algunos detalles clásicos colgados sobre ellas. En el centro no había nada, ni muebles, ni camas, ni bultos. Ante la extrañeza, tanto el hombre como la mujer, pensaron que debían seguir el curso de los acontecimientos. Por lo que les habían dicho, el grupo *Secretos* era una organización que efectuaba prácticas nuevas vinculadas al sexo. También les habían insinuado que, en el movimiento, se practicaba sexo en grupo con frecuencia. Con ese pensamiento se reconfortaron: prefirieron creer que ocurriría algo en ese sentido. Oportunamente, y siguiendo órdenes, la persona que les abrió la puerta al principio extendió sobre el suelo un trozo de plástico transparente de gran tamaño. El más mayor les dijo que se colocaran en el centro y que se quitaran las ropas. Ambos se miraron expectantes; consideraron que al fin iban a poder relajarse. En cualquier caso procedieron: se desvistieron con celeridad y se situaron donde les habían dicho.

A partir de ahí surgió cierto silencio. Nadie sabía que decir. Ni ellos ni aquellos individuos se atrevían a pronunciar ninguna palabra. Tan solo se observaban los unos a los otros en silencio. El tiempo pareció detenerse y se mantuvo latente una fragancia de indeterminación. Llegado el momento preciso, el más mayor de los dirigentes adelanto varios pasos. Miró, tanto al hombre como a la mujer, con una tez muy fría. A la sazón, extrajo del bolsillo de su chaqueta una pistola con silenciador. Aquel hecho provocó la reacción inmediata de los otros porque también enseñaron un arma similar. Entonces el hombre abrió los ojos mostrando sorpresa. La mujer, sencillamente, se asustó. Sin demorarse más, en ese instante se produjeron una multitud de disparos que se dirigieron contra los cuerpos desnudos. Estos, cayeron al suelo casi inmediatamente cubiertos por la sangre de las heridas. En cuestión de segundos se desangraron; llenaron con su propia sangre la totalidad de la pieza del plástico sobre la que estaban.

Casi sin conocimiento se miraron; vieron la tez del otro cada vez más difusa. Las imágenes se desvanecieron poco a poco mientras el dolor de no comprender la situación les invadía por completo. Al mismo tiempo fue extinguiéndose el recuerdo de aquella noche en el parque en el que no pararon de mirarse las partes íntimas. Los instantes que permanecieron en el césped se perdieron lentamente en sus conciencias. Poco antes de morir, miraron hacia los que les habían disparado. Ya no podían distinguir sus caras con claridad pero les observaron. En el interior se sintieron engañados. Nunca llegaron a imaginar que la alegría con la que se iniciaron en el grupo se destronara de esa forma. Jamás sospecharon que el deseo por ser otras personas, por desnudarse, por hacer el amor y por realizar experiencias nuevas, les conduciría a ese final tan trágico. Pensaron que todo lo que les habían dicho era mentira: ya no eran igual que Dios, ya no podían quitar la vida a nadie. A diferencia del sexo, la muerte era un juego al que no podían jugar siempre. Más tarde o más temprano se terminaba la partida.

A punto de morir, el hombre descubrió que uno de sus asesinos tenía un tatuaje en su antebrazo. Era el símbolo de un grupo de extrema derecha bastante conocido contra el que había arremetido en diferentes ocasiones Roberto Crespo. El periodista les había tachado de realizar prácticas seudo-nazis y experimentos de manipulación mental.

Sobresaltado, miró a la mujer y comprobó que sus pómulos estaban envueltos en lágrimas. La observó casi desvaneciéndose.

Entonces murieron.

Húmedo y oculto

Antonio Guerrero

Se maltratan, rompen las sienes, golpean la piel contra la piel, introducen sus lenguas en sus bocas y gimen. A poco de untarse con sus humores, se empujan y golpean movidos por algo parecido a la furia y al goce. No pueden detenerse. La vida no es nada comparado con ese momento de plenitud. Por eso, en ese estado de agradable sufrimiento, los ojos de cada uno se pierden en ninguna parte y casi desaparecen dejando rictus desfigurados y anárquicos. Los suspiros se han convertido en armas defensivas que se lanzan como si se tratase de fuegos cruzados. Alguien desea vencer a alguien, llegar antes que el otro a alguna parte. El final es el objetivo inevitable que tratan de retardar el mayor tiempo posible. Casi un devastado instante más y llegará el final que pondrá cada cuerpo en el lado contrario de la cama. Falta poco, muy poco, apenas nada para que el volcán haga erupción y llegue el momento de encender el cigarrillo.

Segundos después el final ha llegado.

Mientras él expande el humo de los cigarrillos por la habitación ella prefiere mirar hacia el suelo. Se siente extraña. Nunca sabe por qué pero siempre se siente virgen en esos momentos, como si el tiempo no hubiera pasado o como si cada vez que hace el amor recuperara la virginidad para siempre. En realidad se siente sola, quizás melancólica, tal vez catártica por todo aquello que sucede y no entiende. Es el mismo hombre de siempre pero nunca es de la misma manera. Por un momento se evade de su circunstancia. La sobrepasa. Piensa en los sonidos que escucha a través de la ventana. Hay un parque donde todavía quedan niños, madres, y amantes. Los sauces dejan un rastro a humedad de otoño inconfundible. El cielo, a pesar de estar cubierto, deja un horizonte limpio a lo lejos. Unos pájaros revolotean, algún ladrido de perro resuena cuando llega el esbozo de la noche y su quietud noctecina. La brisa acaricia las mejillas de los viandantes. En las copas de los árboles, a esa hora, se pierde el apego por la gravedad. Poco a poco el silencio de la noche cae suavemente, y adormece.

Siempre se pregunta porque responde a sus llamadas. Cada encuentro se promete a sí misma poner fin a sus caprichos, pero de manera incomprensible cede a sus requerimientos. Apenas con un par de palabras dulces cae vertiginosamente el muro psicológico que se forja para defenderse. Días después acude a la cita y se deja dominar por aquel que lleva años haciéndolo. ¿Qué puede hacer a estas alturas? ¿Sería posible pensar que algún día podrá librarse del terrible sentimiento de culpa con el que habita? Pensar en él le supone sentirse sucia. Para nada sirve decirse a sí misma que tiene un marido extraordinario, que sus hijos son los mejores... Cada vez que suena el teléfono y ve su nombre su mano tiembla y su tez sonrosada toma un color mucho más blanco. Se siente mujer y esclava; se cree en un estado próximo a la inconsciencia de la adolescencia.

Aún con la mirada perdida en el suelo piensa, imagina, trata de encontrarse a sí misma en el laberinto de su mente. Cierra los ojos. Dibuja una cabaña en el bosque. Investiga los pasos inmutables de la naturaleza. El manantial próximo expide su inconfundible música por los alrededores. Los peces de colores disfrutan de su sosiego en la piedra. Se vertebran hacia el lago. Los árboles fuertes, dan cobijo a esa hora de la noche. Dejan caer una brisa limpia y sincera, acogedora. Antes de la cabaña no había nada en ese lugar, tan solo el silencio del desconocimiento. Ahora piensa... percibe que ese sitio es el fruto de su imaginación. Se asusta. Ante su sorpresa regresa rápidamente al parque próximo a esa habitación en la que se encuentra: ya no queda nadie allí. Pronto vendrá el guardia a decir a todos que deben volver a casa. Sin embargo nadie quiere regresar. Prefieren sentir como el viento toca sus cabellos y hasta les enrojece la mejilla. Nadie tiene otra cosa mejor que hacer. Ese es el sentido de la vida...

Al terminar el cigarrillo el hombre gira la cabeza hacia ella. La abraza. Le gusta la sensación de suavidad de su piel. Aun sigue siendo hermosa. Tiene cuarenta años y el fragor de los veinte. Eso le sigue excitando. Piensa que es suya, que es de su propiedad. A pesar de que solo la ve un par de veces al año está convencido de que puede hacer con ella lo que quiera. Lleva haciéndolo desde que eran adolescentes. La primera vez fue un juego inocente. Casi sin darse cuenta ambos se dejaron llevar y cayeron en un mar de fuegos. Desde ahí, a pesar de que ella se negaba constantemente movida por un terrible sentimiento de culpa, él siempre encontraba la manera de convencerla. Daba igual que cada uno de ellos iniciara relaciones con una pareja, incluso que tiempo después se casaran y tuvieran descendencia. Es más, no importaba demasiado que terminaran viviendo en diferentes partes del país. Él sabía que ella estaba dentro de su domino y eso le hacía sentirse poderoso. Sobre todo cuando la llamaba y comprobaba que la mujer siempre acudía a las citas que le proponía en habitaciones de hotel. Eso creía que era la felicidad: cuando todos los actos terminaban en un mismo instante.

Seguro de sí mismo, y manteniendo el abrazo, sueña despierto: supone una bañera llena de agua caliente. En el salón suena un disco de Barry White, se escucha desde el baño con la puerta entreabierta. Sabe que esa canción tiene de una historia: Barry la escribió enamorado en un bar de carretera de Alabama. La chica lo dejó, pero él decidió que seguiría amándola. Eso le demostró que el amor era ciego. Junto al baño hay una copa de coñac. Salvo por el tono familiar de White se respira una increíble tranquilidad. Todo está quieto, en calma. Le gusta esa sensación de control, de poder. En el exterior está lloviendo. El tintineo de las gotas de agua en la cristalera del salón convierte a la vivienda en un refugio. Todo parece una confirmación de sí mismo, un eterno retorno nietzscheniano, hacia un lugar que no teme y que encuentra cálido: un trozo de sí mismo donde no hay culpa, ni sufrimiento, ni pudor, ni soledad. El mundo se refleja en su iris y él se siente lleno de todo lo que le rodea.

De manera inconsciente ella levanta el brazo del hombre y se incorpora. Sin pronunciar palabra alguna comienza a vestirse. Ese es el gesto con el que le dice siempre a él que debe hacer lo mismo. Al hacerlo se miran de reojo pero no se dicen nada. Es mejor así... Un poco más tarde, y listos, se despiden con un abrazo y un beso corto en los labios. Habrá otra vez – piensa él -. Ojala que esto nunca se repita – desea ella - . Tras ese acto salen juntos por la puerta y se introducen en el ascensor. Sin mirarse apenas suspiran nerviosos. Tienen miedo de que alguien los descubra y con ellos el terrible secreto que portan en sus conciencias. Al llegar al recibidor miran al suelo para que el recepcionista no los identifique. En la calle, ya, ni siquiera se despiden: cada uno coge una dirección distinta, inmersos en sus pensamientos. Ella está convencida de que todo es una mentira y un sueño recurrente, esa clase de alucinaciones que al principio iluminan pero que después confunden. El hombre, al contrario, piensa cuándo volverá a verla y a saborear la increíble belleza que la envuelve.

Antes de desaparecer del todo. El hombre se pierde voluntariamente en una callejuela nocturna. No se ha dado cuenta de que es muy tarde. Es una calle estrecha pero larga. Es esa clase de lugares en los que todo el mundo se lamenta de algo bajo los efectos del alcohol. Las paredes están llenas de humedad, los cigarrillos por el suelo, las farolas en lugar de iluminar pernoctan. Hay una bicicleta abandonada, mucho hedor a desperdicios y contenedores. A medida que se adentra encuentra rostros extraños, a expensas de los miedos de las esquinas zurdas. Desde lejos se oye un silbo tintineante a noche fría. En un lugar como este siempre hay un asesino. Además, en todas las ciudades hay un lugar como este: frágil, severo, rígido, contradictorio, lleno de preguntas, ausencias y miedos, muchos miedos. Al fondo aparecen unas luces de neón parpadeantes con un nombre obsceno. Junto a ellas hay un hombre. Su cara esta llena de cicatrices. La música que se desprende es latina y lenta. Dejan todas las pistas posibles sobre lo que sucede en el interior.

Aturdido... piensa qué hace en ese sitio; qué parte de su naturaleza le ha conducido hacia allí. No lo sabe. También se pregunta: ¿por qué no pude dejar de llamarla? ¿Por qué ella siempre le dice que sí a pesar de sentirse culpable? Lo desconoce. Lo único a lo que se aferra, en se momento, es a sí mismo, a su trabajo como analista financiero, a su cómoda vida familiar, a su secreto, a su terrible secreto: a ese que le dice que es un animal salvaje, a esa faceta de su vida que lo llena de libertad y lo realiza como ser humano; a esa parte de su existencia que solo conoce la mujer con la que se encuentra un par de veces al año desde que era un adolescente; esa mujer que aunque no quiera reconocerlo tiene la misma naturaleza: su hermana.

El secreto de Amalia

Luz Macías

Los ojos de Amalia se abrieron a la luz de la primavera madrileña en el número tres de la Calle Don Ramón de la Cruz, entre el Paseo de la Castellana y la calle Serrano.

De lo allí acontecido desde poco antes de aquel cálido mayo de 1922 y este frío noviembre del año 2011 tratará este relato, y del secreto encerrado tras la lujosa puerta de roble con bruñido aldabón de bronce que franquea el paso al principal derecha.

Sus padres, Anselmo Romero y Amalia Aparicio, habían comprado al casarse, en 1920, este piso del barrio de Salamanca, en una hermosa finca de moderna arquitectura Art Nouveau. Amalia se prendó, a primera vista, de sus espaciosas estancias y de los altos techos bordeados de primorosas molduras de escayola, y Anselmo, del representativo recibidor que en adelante serviría de antesala a su despacho profesional, no menos lujoso y elegante, separado de éste por unas preciosas puertas correderas de cristal emplomado. Anselmo se dedicaba al libre ejercicio de la abogacía, especializado en asesoría fiscal y contable, como rezaba la placa dorada exhibida, desde que se instalaron el él, a un lado del lujoso portal.

Anselmo era un hombre de complexión robusta, alto, de correctas facciones, rubicundo y congestivo. Inteligente y de carácter apacible, estaba perdidamente enamorado de su mujer, Amalia, una dulce y delicada criatura de tez blanca, casi transparente, con unos enormes ojos castaños idénticos al color de las ondas de su pelo, cuidadosamente colocadas sobre una frente abombada, coronando una carita en forma de uve que podría pasar por la de una gacela, si es que las gacelas hubieran podido tener cara humana.

Hacia mediados del año 1921 Amalia quedó embarazada. Desde un principio se debilitó de tal manera que, más que lo natural de la situación, parecía que estuviera pasando el calvario de una enfermedad. Anselmo vivía aquello con gran preocupación y asombro, ya que la grácil complexión de Amalia hacía que destacase en exceso el vientre en el que se gestaba Amalita. Eduardo, el médico, amigo de Anselmo desde la infancia, había recomendado reposo moderado. Tomaron una criada interna, encargada de hacer recados y cumplir las instrucciones que, tendida en la *cheselong* del salón, le dictaba Amalia. Allí se instalaba desde la mañana y no la abandonaba hasta que regresaba Anselmo, a mediodía, para comer juntos. Después de la siesta, solían dar largos y pausados paseos calle Serrano adelante, hasta el parque del Retiro.

Poco faltaba para el nacimiento de nuestra protagonista, cuando se vino la madre de Amalia a vivir con los recién casados. Doña Amalia había quedado repentinamente viuda del farmacéutico de Villarrobledo. Lejos de molestar a Anselmo su inesperada y pronta presencia, vio el cielo abierto con la llegada de su suegra. Estaba bastante asustado ante el acontecimiento que se avecinaba y compartir la carga de su amedrentamiento le proporcionó un descanso moral inmediato. Por otra parte, huérfano desde muy joven de padre y madre, gustaba de los mimos que le prodigaba doña Amalia y de sus comidas caseras. Orgullosa del reconocimiento a su arte culinario y encantada del buen comer de su yerno, al que ella atribuía su permanente buen humor, lo mimaba con incontables y variados guisos y adobos, que se cuidaba de regar con buen vino de La Mancha, de forma que los ojos de Anselmo, acuosos y azules, se mostraban siempre enrojecidos y alegres. Cuando estaba algo achispado solía decir a todo el que quisiera oírle que todos los matrimonios deberían funcionar como el suyo: la suegra en la cocina y la mujer en la cama; acompañando estas leyes con grandes risotadas.

Doña Amalia iba todas las mañanas con la criada a oír misa de ocho en la parroquia del Santísimo Cristo de la Salud, que estaba en el número 12 de la calle Ayala. A la salida pasaba a hacer la compra en el cercano mercado de La Paz. Allí escogía, cuidadosa e ilusionadamente, los ingredientes para su creación culinaria diaria. Esta actividad le había devuelto la alegría perdida años atrás, en el largo matrimonio con un hombre triste y aburrido que era el principal consumidor del bicarbonato que se despachaba en la botica.

A ella le gustaba la bulliciosa vida de Madrid y, en contraste con el pueblo, la diluida identidad que la ciudad le proporcionaba. Así se atrevió, por primera vez en su vida, a desabrocharse los botones de la blusa hasta mostrar el inicio del canalillo. Siempre había estado orgullosa de su busto, que no había sido visto más que por el farmacéutico y, dicho sea de paso, en su natural, sin mucho entusiasmo. Era una mujer lozana, pequeña y regordeta, que seguía siendo guapa a pesar de haber cumplido los 56 años. Mantenía un cutis terso y claro, una mirada franca, pícara y chispeante y un excelente sentido del humor.

Con la llegada de doña Amalia, que inmediatamente tomó las riendas de la casa, la pareja de tortolitos vivía en una permanente minoría de edad, dedicando todo su tiempo al solaz y al arrullo, tan natural por otra parte en los recién casados.

En este feliz estado de cosas vino al mundo Amalita el 15 de mayo de 1922, a las once da la mañana; castiza festividad de San Isidro Labrador, primavera esplendorosa en Madrid y con el balcón abierto a la fragancia de las tiernas hojas de las acacias de su calle. Nacida en casa, como Dios mandaba en aquellos años, fue su abuela la primera que la recibió en sus brazos. Rubita, gordita y rosada como un lechoncillo, la nena robó a primera vista el corazón de todos.

A los ocho días justos la llevaron a bautizar a la parroquia, siendo encomendada por los padrinos, doña Amalia y Eduardo, el médico, al Santísimo Cristo de la Salud. El ágape se celebró en casa, como solía ser costumbre. Su abuela pasó, para la ocasión, tres días metida en la cocina con la criada. Los invitados fueron escasos porque escasa era la familia de sus padres, los dos hijos únicos. Un primo hermano de su padre, soltero, fue la única representación familiar. Asistió la modista de su madre, que le había cosido el primoroso traje de cristianar; pasaron los vecinos del principal izquierda, Concha y Dionisio y doña Rocío, del segundo derecha. Don Anselmo, el cura que la había bautizado, llegó un poco más tarde, aunque no fue obstáculo para que se despachara a gusto con la merienda.

Con los mimos incontables que se le prodigaron y todos los encajes, batistas, bordados, lazos y bodoques que se exhibían en los mejores escaparates de Madrid, se crió Amalita quien, a pesar de todo, se formó como una criatura de natural responsable, cariñosa y obediente.

Sus padres no tuvieron más hijos. Amalita nunca supo a ciencia cierta por qué, aunque al paso de los años y conociendo, tanto el carácter tirando a pusilánime de su madre como el sobreprotector de su padre, se figuraba que habían temido repetir la experiencia de los rigores del embarazo y el parto.

La vida era buena para los que venían al mundo en el barrio de Madrid de los años veinte en el que nuestra protagonista vivió su primera infancia, pero las grandes diferencias sociales la hacían bastante peor para los que no habiendo tenido su suerte nacían en otros. Por aquel entonces empezaban a llegar noticias de movimientos revolucionarios en Europa. La primera gran guerra se había dejado sentir muy negativamente en el bienestar de las gentes. A esto se sumó la posterior revolución bolchevique de 1917, que fue impregnando a los desposeídos de un sentimiento cada vez más intenso de justificado odio hacia las clases más altas de la escala social y de la ilusión de un cambio hacia una vida en la que el reparto de la riqueza fuera más equitativo.

Amalita, hija única, criada entre personas mayores, resultó ser una criatura muy espabilada; sentía una innata curiosidad por todo; leía cuanto podía y le gustaba especialmente hacerlo en compañía de su padre. Allí, en su despacho, sentada junto a él ante la gran mesa oscura renacimiento español, se bebía los textos de historia, geografía, biografías y novelas de autores clásicos y modernos, que componían la nutrida biblioteca. En aquel apacible lugar, los conocimientos calaban como una lluvia fina su permeable cabeza que, de hito en hito, levantaba de la lectura para contemplar ensimismada los mágicos colores que transparentaba la puerta de cristales emplomados contra la luz de la ventana del recibidor.

Cuando en 1925 montaron en la Cuesta de Moyano las primeras casetas de venta de libros antiguos y modernos, Anselmo se llevaba a su hija, que no levantaba tres palmos del suelo, a rebuscar y olisquear en el ambiente de los libreros. De allí salieron sus primeras lecturas infantiles. Luego de campar a sus anchas, no menos de una hora, cuesta arriba y cuesta abajo, se encaminaban por la acera de la derecha de la calle Alfonso XII para entrar en El Retiro por la puerta de Felipe IV, frente al Casón del Buen Retiro; se adentraban por ésta y, atravesando el Parterre, llegaban hasta el Paseo de las Estatuas, que paseaban entero hasta toparse de frente con el Estanque.

Amalita cumplía completo el rito dominical jugando luego a la barquillera. Una vez cobrado su botín de barquillos, desde la última banca de la barcaza que navegaba rodeando el perímetro del Estanque, iba tirando pequeñas porciones de su golosina a los grandes peces naranjas, mientras contemplaba hipnotizada cómo las palas de madera del aspa propulsora levantaban el agua arremolinada de espuma.

El Retiro era para ella un lugar mágico, cambiante y atractivo, tanto en el buen tiempo como en invierno. Igual daba que se cubriera de una gruesa alfombra de hojas que pisar y esparcir, que de nieve blanda que corretear y aplastar. En primavera, las rosas de La Rosaleda eran minuciosamente investigadas por el padre y la hija:

-¡Mira, papá! ¡Ésta si que es bonita! Tiene color amarillo y por el borde es rosa. ¡Mira esta otra, cómo huele! ¡Ésta si que me gusta! Parece como de terciopelo… Y Anselmo corría de acá para allá donde le mandaba su pequeña, con la ilusión de un niño compañero de juegos.

En esas carreras por El Retiro empezaron los primeros accesos de tos de Anselmo. Su hija lo recordaría perfectamente casi dos años después, cuando se presentaban a todas horas, aún estando tranquilo y descansado en casa. Cada vez que le oía, Amalita entraba en un indefinido estado de aprensión que se traducía en un pellizco en la boca del estómago, acompañado de una desagradable sensación de angustia. Amalia, su mujer, lo miraba también cada vez más preocupada…

-Anselmo, tienes que hacerte ver esa tos. No se te pasa y ya no es primavera para que la achaques a la alergia.

-No seas exagerada, mujer. Si me dura un poco más iré a que me eche un vistazo Eduardo. ¡No se lo pasa poco bien, con el aparato de rayos X que se ha comprado para la consulta! ¡Y sus buenos dineros le está sacando! A todo el que pasa por allí le hace una placa, lo necesite o no. Ja, ja, ja…-Rió aparentemente despreocupado mientras miraba por encima del periódico a su mujer.

Aquel día, en el que la enfermedad de Anselmo presentó su peor cara, estaba junto a sus tres Amalias leyendo el periódico en el salón. La primavera había dado paso a un verano tórrido y los postigos de madera de los dos grandes balcones que daban a Don Ramón de la Cruz dejaban entrar los rayos sesgados del sol, ya poniente. La casa, en penumbra, estaba fresca y el apacible ambiente familiar había invitado a Amalita a traerse del despacho de su padre una vieja revista que atraía especialmente su atención. Releía la atrasada noticia de los asesinatos del Zar Nicolás II y, con él, el de la Zarina y sus hijos, quedando con el ignominioso hecho aniquilada toda la dinastía de los Romanov. Miraba las fotografías fascinada por la belleza de la Zarina y sus hijas, sonrientes, felices en la ignorancia de su cruel destino. El Zarevich, un niño de mirada triste, montado en un cochecito de juguete tirado por un pequeño pony, esbozaba apenas una sonrisa de compromiso, contemplado con arrobo por su padre el Zar, un hombre de facciones hermosas y nobles. Por un momento apartó la vista de la lectura y se entretuvo mirando a su abuela. ..

Doña Amalia hacía ganchillo sentada en su inseparable mecedora de caoba traída de Cuba. Alumbraba la labor colocándola en una de las rayas de luz que dejaban pasar las lamas de las contraventanas mallorquinas. El ganchillo plateado irisaba unos pequeños reflejos multicolores al compás del rápido movimiento de la mano. Amalita pensó que físicamente no se parecía en nada a ella (ni a su madre tampoco) puede que en su juventud hubiera tenido unas facciones más marcadas, pero ahora su cara era una especie de hermosa luna llena partida por la impecable raya en medio de su pelo, aún oscuro, recogido en una trenza perfectamente enrollada en un moño sobre la nuca. Su pecho redondo y alto se adivinaba majestuoso bajo un gran cuello de encaje blanco, única concesión al sempiterno luto que llevaba desde que enviudó. Unos pendientes de aljófar a juego con el camafeo que pendiendo de una discreta cadena de oro encerraba la fotografía de su abuelo, cuyas facciones apenas se adivinaban en el diminuto habitáculo, eran su adorno diario. Amalita sintió por ella un pinchazo de amor en el corazón. Al fin y al cabo se había criado con dos madres: su abuela, el ancla sólida de su vida y la otra, el mimo y el capricho, siempre dispuesta a salir de compras o a merendar a Embassy… “Hija, es estupendo que nos hayan puesto este salón de té tan cerca de casa; es el único sitio de Madrid al que puede entrar una dama sola”. Observó también a su madre, que hacía un solitario colocando parsimoniosamente las cartas sobre la camilla;

el paso del tiempo no había dejado apenas huella en su frágil figura; se mantenía delgada y tenía el aspecto de una mujer joven. Pensó que, en poco tiempo, parecerían hermanas.

-No sé porqué dejáis a la niña leer esas cosas, sólo tiene trece años y no está bien que los niños se enteren de todas las salvajadas que han pasado en el mundo…Ya tendrá tiempo -sentenció su abuela, dejando a un lado la labor y poniéndose en pie- voy a preparar una limonada para los bizcochos de soletilla… Con este calor la tarde no se presta a merendar chocolate.

Anselmo, que dormitaba con el periódico abierto entre las manos, se espabiló ante la perspectiva del refrigerio.

-¿Qué estás leyendo, hija?

-La revista de la noticia de la muerte de la familia Romanov.

-Pues creo que con trece años estás más preparada para leerla que cuando tenías seis, que es la primera vez que te vi enredando con ella. Ja, ja, ja…

De repente, la risa le provocó un acceso de tos; se llevó el pañuelo, precipitadamente sacado del bolsillo de la chaqueta, a la boca. Las tres pudieron ver cómo se teñía de sangre.

Doña Amalia, como si una mano invisible la hubiera empujado, se volvió a sentar de golpe haciendo que la mecedora diera un peligroso vaivén.

Amalia, por el contrario, se levantó inmediatamente y pugnó con Anselmo para apartarle el pañuelo que él, obstinadamente, apretaba contra su boca.

-¡Anselmo!, ¡deja que te mire!, ¡déjame, por Dios!- dijo con ojos despavoridos.

Anselmo la apartó suavemente y salió hacia el cuarto de baño a toda prisa. Se encerró. Su mujer le siguió para golpear la puerta, reiteradamente, con la mano abierta; primero rápidamente, y al poco, con golpes cada vez más flojos y pausados.

-Papá -dijo Amalita, serena y firmemente- abre, por favor. Estamos muy asustadas.

Los escasos cuatro meses que duró la vida de Anselmo, desde ese día de agosto del treinta y cinco hasta mediados de noviembre, los vivieron las tres Amalias de muy distinta manera:

Doña Amalia, en su natural animoso y fuerte, procurando al enfermo toda clase de cuidados y no dándose al pesimismo. Iba a misa a diario, como siempre, para pedir ahora, especialmente, por la salud de Anselmo; pero no lo hacía humildemente sino con enfado, como disgustada con Dios por haber mandado a su yerno, tan bueno, una enfermedad tan cruel y no a otros con más merecimientos para padecerla. Por lo demás, pasaba la vida ensayando nuevas recetas que pudiera apetecer y que a la vez fueran nutritivas, ya que Anselmo apenas tenía apetito y perdía peso a ojos vistas: "¡come! ¡hombre de Dios! ¡come! que no hay mejor espejo que la carne sobre el hueso". Luego, más dulce y cariñosa: "tú come y verás como te pones bueno y fuerte, como antes". Estas eran sus sentencias diarias para tratar de ganar una batalla, de antemano perdida, a la enfermedad.

Fue Doña Amalia la primera que escuchó la mala noticia. Había pedido una cita a Eduardo para enterarse de lo que pasaba ante la situación en la que había visto llegar a su hija después de la primera visita que le hicieron Amalia y Anselmo. El médico fue concluyente: Anselmo tenía los días contados; había dejado pasar un tiempo precioso para tratar de controlar la enfermedad y las cavernas que mostraban sus pulmones eran enormes. No obstante le dijo que no había hablado claramente con ellos, tanto por estar delante el enfermo como porque Amalia, nada más ver el esqueleto de Anselmo tras el aparato de rayos X, había sufrido un desvanecimiento.

A partir de entonces y hasta el fallecimiento de Anselmo, todo fue para Amalia confuso e irreal. El hecho de haber visto la osamenta de su marido lo asoció con la propia imagen de la muerte. Lo miraba espantada y procuraba evitarle. Así es cómo empezó a encerrarse en un mundo de depresiva distorsión mental. Anselmo, hasta el último momento, vivió más preocupado por ella que por sí mismo.

-Amalia, por favor, abrázame, tengo frío- le decía en la cama, falto del calor corporal que le restaba la enfermedad y del otro que le era aún más necesario ahora. Ella, que permanecía en posición fetal en el mismo borde, se hacía la dormida cerrando obstinadamente los ojos. Aún así, Anselmo se acurrucaba abrazándola por detrás, buscando un calor vital que se le escapaba por momentos.

Amalia permanecía sin dormir toda la noche, aterrada y con el corazón galopando en su pecho. Por la mañana, cuando Anselmo se levantaba para ir a postrarse en el diván del salón, ella se quedaba a dormir el sueño que le faltaba, sumida en pesadillas constantes.

Anselmo afrontó la enfermedad con entereza, hablando con su amigo médico sin ambages:

-Me muero, ¿verdad, Eduardo? No hace falta que pases un mal trago; no me lo digas, si lo sé yo. ¿Qué te crees? ... No soy tonto y he visto a otros pasar por esto... Me falta el aire cada día más, es como si no quedara nada que respirar en la habitación ¡con lo que ventila mi suegra!, digo suegra y es más que mi madre que, de estar viva, no se hubiera portado conmigo mejor. Me gustaría ser creyente, si te digo la verdad, pero no es así ¡Me jode desaparecer y no poder acompañar a mi hija durante más tiempo por la vida! Eduardo, cuida de ella, en el sentido de que no se la lleve un mal hombre... Que estudie, que sea de las primeras mujeres independientes con carrera, que luche por entrar en la universidad... Sé que puedo confiar en que velarás por ella.

-Bueno, bueno, no dramatices que sí, estás mal, pero he visto curaciones impensables. Ya sabes que en medicina dos y dos no siempre son cuatro. Y por Amalita no hay que preocuparse, llegará a donde le dé la gana, ¡buena es ella! -dijo el amigo, turbado y conmovido.

Anselmo no murió en su cama. Esa noche particularmente fría de noviembre se había quedado en el diván para no molestar a Amalia. El acceso de tos sobrevino de repente; la sangre, que subió desde sus pulmones a la boca, le provocó un espasmo de glotis que le impidió respirar. Amalita que aún estaba leyendo en su habitación, sintió los estertores de su padre.

Las tres mujeres de su vida lo velaron en casa. Dos días después, a las nueve de la mañana, salió el duelo hacia el cementerio de los Santos Justo y Pastor. El entierro fue en *petit comité*, como todos los actos trascendentales en la vida de la reducida familia. Un viento frío del norte bajaba de la sierra de Guadarrama arremolinando las otoñadas hojas caídas en torno a la fosa, que se mezclaban con las paladas de tierra arrojadas sobre el ataúd por los sepultureros, como si quisieran arropar al bueno de Anselmo con una manta suave y mullida.

***

Al intenso dolor que sintió Amalita ante la desaparición de su padre se unió inmediatamente la preocupación por su madre que no quería ni levantarse de la cama. Fue ella la que asumió de buen grado que, sobre sus trece años, recayera la responsabilidad de su cuidado. Aunque a duras penas pudiera introducirla en la bañera para su aseo, era ella quien la enjabonaba tiernamente, le lavaba el pelo y cortaba las uñas con esmero; ella, la que le daba la comida a trancas y barrancas, distrayéndola con historias, reales o inventadas, para lograr su objetivo.

Apenas ocho meses después de la muerte de Anselmo estalló la guerra. La pérdida de la estabilidad mental en Amalia se hizo más evidente. Escuchaba los partes de guerra en la radio y creía que relataban seriales y que todo era una ficción; vivía los bombardeos de Madrid asomada a los balcones de la casa y saludaba a los aviones que pasaban como si estuviera en el cine viendo una película bélica. Doña Amalia y Amalita jamás pudieron bajar a los refugios, por no dejarla sola. Cuando sonaban las sirenas, Amalia se aferraba como una lapa a la barandilla del balcón, con unas fuerzas tan hercúleas que eran incapaces de desasirla. La criada, aterrada, se marchó a su pueblo en cuanto pudo.

En aquel Madrid azotado por la escasez de todo lo elementalmente necesario, doña Amalia, siempre tan eficaz, tan sólida, tan fuerte, se las arreglaba para trapichear con objetos de valor de la casa, para cambiarlos por patatas, legumbres, harina, manteca y, ocasionalmente, algún huevo o carne, en una especie de pasillo de llegada de alimentos a la ciudad sitiada que tenía controlado.

El día de finales de abril del año treinta y nueve en el que entraron los vencedores de la guerra en Madrid, Amalia, que llevaba casi cuatro años encerrada en casa, decidió, sin saber muy bien por qué, salir a la calle para unirse a la algarabía callejera. Doña Amalia y Amalita la buscaron sin resultado en aquel caos hasta pasadas las dos de la madrugada. Cuando regresaron a casa, el portero y un policía de paisano las estaban esperando en el descansillo de la escalera. Amalia había sufrido un accidente. Desorientada, al poco de salir de casa, cruzando la calle Goya frente a la embajada de Panamá, la había atropellado un carro tirado por dos mulas. El pisotón de una de ellas le hundió el esternón. Murió en el acto. El entierro salió del depósito de cadáveres del Instituto Anatómico Forense. La llevaron junto a su marido, de quien nunca aceptó separarse.

Quedaron Abuela y nieta solas y Amalita, que entonces tenía diecisiete años, pasó a llamarse Amalia (así la llamó desde entonces su abuela) como si se hubiera corrido un imaginario y súbito escalafón.

El recuerdo de la desaparecida Amalia quedó pronto dulcemente diluido. Para su hija porque, al descansar de su constante cuidado recuperó una vida propia y para doña Amalia, porque la subsistencia en el Madrid de la posguerra seguía sin ser fácil, y destinaba todo su tiempo, pensamientos y fuerzas a encontrar alimentos para su nieta. Las dos mujeres se las arreglaban bien, sobre todo porque una buena cocinera obra milagros aunque fuera escaso y caro lo que encontraba para llevar al puchero.

El dinero que entraba en la casa también lo proveía doña Amalia. Cobraba una renta de viudedad del gremio de farmacia que, aunque escueta, ella estiraba con su férrea administración.

***

El día en el que Amalia cumplió diecinueve años, amaneció con un sol temprano que presagiaba una jornada radiante de primavera. Las dos Amalias se dispusieron a celebrarlo en esa agradable convivencia que se había establecido entre ellas.

-Amalia, hija, pon la mesa.

Amalia se apresuró a obedecer la orden de su abuela. Buscó un mantel blanco bordado a primoroso realce, uno de los pocos lujos que habían conservado, y dispuso sobre él los platos de loza de la cocina, después colocó los cubiertos, cuidadosamente medidos a ambos lados; abrillantó los vasos y completó la mesa poniendo en el centro una macetita de petunias rosas que quitó del balcón. El contraste del sencillo servicio de mesa con el mantel era tan evidente que, cuando entró en el salón, a Doña Amalia se le encogió el corazón pensando en la vajilla inglesa, los cubiertos de plata y la cristalería tallada, perdidos en los trueques para subsistir.

-¡Qué bonita está, hija mía! -dijo, no obstante, doña Amalia - ¡Eres una artista!

Doña Amalia se había ataviado para la ocasión con un vestido de seda gris salpicada de pequeños lunares blancos. Llevaba puesto el sempiterno camafeo y los pendientes a juego. Daba gusto verla a sus 63 años. Su cara, sin apenas arrugas, irradiaba salud y felicidad. Ella siempre se había considerado completa sintiéndose necesaria, y al consagrarse al cuidado de su nieta a la que, por otra parte, adoraba, su vida era plena, no necesitaba nada más.

Se había esmerado especialmente en preparar la sencilla comida. La noche anterior había dejado hecha una pasta para croquetas aprovechando los restos de la carne del cocido, que sirvieron de entrante (junto con un poco de chorizo y queso del pueblo) a la sabrosa y consistente sopa que también se estiraba siempre de un día para otro. Unas manzanas asadas regadas con miel fueron el colofón.

-¡Vaya, abuela! ¡qué rico estaba todo! Me he puesto cómo "el zarpas". Voy a preparar un cafelito del bueno... ni recuelo… ni achicoria…

Volvió con las tazas humeantes sobre una bandeja y colocó una de ellas ante Doña Amalia; ésta se sirvió tres cucharaditas de azúcar. Amalia pensó que debía cuidarse más y la miró con el temor de quien, a pesar se su juventud, conoce por experiencia la fragilidad de la vida. No se sentía anímicamente preparada para la eventual desaparición de su abuela, y al mismo tiempo era consciente de que en lo material también la necesitaba. Las circunstancias le habían impedido ir a la universidad y tampoco estaba preparada para ningún trabajo específico. Eduardo, su padrino, se preocupaba por ella, aunque lo hacía en el sentido de saber que no le faltaba lo material, lo que, en aquella España, era bastante. Pero Amalia sabía que no podía contar mucho con su protección, puesto que él mismo había tenido grandes dificultades para salir adelante. Cerró su consulta al estallar la guerra para unirse a las tropas de Franco en el frente de Burgos, y al terminar la contienda se había marchado a Alicante para trabajar en un sanatorio antituberculoso. Así, aunque se comunicaban de vez en cuando por carta, la relación no era tan estrecha como antes. Procuró desechar esos sombríos pensamientos para no amargarse el cumpleaños y se puso a recoger la mesa.

Por la tarde, abuela y nieta decidieron dar un largo paseo desde Recoletos hasta Atocha. El suave sol dibujaba caprichosas figuras en el suelo del bulevar, abriéndose paso entre las ramas de los frondosos árboles. Iban ambas cogidas del brazo, la una pequeña y regordeta, morena clara y la otra alta, esbelta, de pelo rubio oscuro veteado de algunas hebras más claras; la media melena, partida en una raya lateral, caía en ondas naturales sobre sus hombros. Amalia había empezado a pintarse al cumplir los dieciocho; los labios discretamente rosados y un poco de colorete resaltaban sus bonitas y finas facciones. Heredados los grandes ojos dorados de su madre, un cuidadoso cepillado de cejas y pestañas le bastaba. Llevaba un vestido recto color barquillo hasta media pierna, ceñido al talle por un cinturón de cuero tostado, zapatos de tacón cubano y una cartera bajo el brazo a juego con el cinturón, todo ello rescatado del armario de su madre. Un pequeño ramillete de flores multicolores prendido a un lado del escote, era todo su adorno. Doña Amalia pensó que estaba preciosa y que era una pena que solamente la admirasen los paseantes; así es que propuso:

-¿Por qué no entramos a merendar en Embassy?

-Vaya abuela, ¿Te has vuelto loca? ¿Nos lo podemos permitir?

-No, desde luego, pero estás tan bonita que tengo ganas de lucirte entre lo mejorcito de Madrid. Al fin y al cabo ¡no nos van a arruinar dos tés con pastas!

Rafael, que consumía un café apoyado en la barra, las vio entrar. Notó un vuelco en el corazón y miró a su alrededor por si alguien había notado la turbación que sentía. Las dos damas tomaron asiento ante una ventana del escaparate que daba a la Castellana. La mayor, sonriente, abrió la carpetilla de piel verde oscuro que, sobre la mesa, ofrecía el exquisito menú de meriendas y consideró la comanda departiendo con la preciosa joven que la acompañaba. Pidieron té, que les fue servido elegantemente presentado en el habitual servicio de plata. La dama mayor, indicando discreta el platito, instaba a la joven a comer las pastas. Ella apenas probó una mientras la miraba comer con arrobo. Charlaron animadamente hasta que al cabo de algo más de media hora pidieron la cuenta y se dispusieron a marchar. Rafael pagó su café precipitadamente y salió tras ellas. Cruzaron la calle Ayala y anduvieron un pequeño tramo de la Castellana. Al llegar a la esquina de Don Ramón de la Cruz se metieron en el portal de enfrente, el número 3.

Rafael nunca las había visto antes, a pesar de frecuentar Embassy, por no decir que era prácticamente su centro de operaciones. Agente secreto al servicio de la Embajada Británica desde hacía dos años, había venido de Londres al acabar la guerra de España para servir de enlace entre el gobierno británico y los agentes de la CIA. La neutralidad española en la Segunda Guerra Mundial había hecho de Madrid un hervidero de agentes secretos destacados de todos los países en conflicto y Embassy era el principal punto de encuentro. El gobierno de Franco también participaba con sus propios agentes en ese batiburrillo que, de no ser por la seriedad del conflicto y por las personas que se salvaron de un destino incierto refugiadas en sus sótanos clandestinos, casi podríamos juzgar de *vodevil*.

Hijo de un diplomático español destacado en la embajada de Londres, Rafael había perdido a sus padres en un accidente de avioneta. El gobierno inglés se hizo cargo de su manutención y le proporcionó la posibilidad de estudiar en Harvard. Allí completó sus estudios de Derecho y luego pasó al servicio del Estado que le había protegido. Un piso clandestino que la embajada inglesa tenía en la calle Serrano, esquina a Hermosilla, era su residencia habitual cuando estaba en Madrid; allí tenía montado un despacho que servía de tapadera, en el que despachaba fletes para el comercio, auténtico, de la abundante flota mercante británica.

Esa misma tarde, considerando que era poco probable volver a ver a la joven y, ante la perentoria necesidad de hacerlo que se le había creado, resolvió poner en práctica sus habilidades como espía. Para tal fin, entró en una tienda de Serrano y compró un par de guantes de mujer, de tafilete. A la mañana siguiente, estratégicamente situado en la acera de enfrente al portal en el que había visto entrar a Amalia, observaba los movimientos de los vecinos en los balcones de la fachada. No tardó el portero en salir a barrer la entrada…

-Buenos días- le saludó amablemente.

-Buenos días, señor ¿qué desea?

-Pues verá: ayer, una señora mayor, bajita y otra joven, alta y rubia, se dejaron olvidados un par de guantes en la mesa en la que merendaban en Embassy. Cuando me dí cuenta quise alcanzarlas, pero no me dio tiempo a llegar hasta ellas antes de que se metieran en éste portal.

-Doña Amalia y su nieta. Por las señas que usted me da.

-¿Podría hacerme el favor de entregárselos?- Dijo Rafael alargándole el paquete.

-No faltaba más. Por eso no se preocupe.

Amalia abrió la puerta cuando subió el portero con el recado. Recogió el paquetito algo extrañada ante las explicaciones, pero pensó que podrían ser de su abuela. Como ésta aún estaba acostada, entró en el despacho y lo abrió. Los guantes, sin estrenar y de delicadísima piel, le fueron inmediatamente desconocidos. Rasgó el sobre cerrado que, sin dirigir, contenía también. La nota que, escrita en una correcta letra inglesa, encontró en su interior, decía:

"Señorita, le extrañará esta forma de abordarla pero debe tener compasión de mi. Es usted tan especial, que desde que la vi ayer entrar en Embassy no he podido pensar en otra cosa que en conocerla. Me llamo Rafael Méndez, soy abogado y tengo el despacho muy cerca de su casa. Si le parece bien la espero esta tarde a las seis en el mismo sitio, para tener el placer de merendar en su compañía. No me defraude".

Amalia sintió un agradable cosquilleo en el estómago. Hizo memoria y no recordaba haberse fijado especialmente en nadie la tarde anterior.

Impaciente por contarle el lance, esperó a que su abuela se levantara a desayunar; entretanto fue preparando el pucherito de achicoria y puso una sartén al fuego para freír unas rebanaditas de pan. Apartó en un platillo, del cueceleches que estaba en la fresquera de la ventana, la gruesa nata amarilla que se había formado sobre la leche hervida el día anterior, y vertiendo para calentar la necesaria en un cacillo, lo volvió a su lugar. Después espolvoreó con azúcar la deliciosa nata.

Cuando apareció doña Amalia, envuelta en una bata y con chinelas, ya tenía todo dispuesto, como era habitual, en la camilla frente al balcón del salón. Sirvió en las tazas la humeante leche con achicoria. En silencio fueron degustando la rica nata amarilla untada en el pan frito, alternando con pequeños sorbos del brebaje al que, a falta de café, estaban acostumbradas. El desayuno le encantaba, tanto como ese tiempo reposado de entrar en el nuevo día en compañía de su abuela.

Al rato habló:

-Abuela... El portero nos ha traído esta mañana unos guantes de regalo.

-¿Unos guantes? ¿Y quien los manda?

-Un señor que nos vio ayer en Embassy.

-¡Jesús, María y José! Un señor mayor que me miraba mucho... seguro.

-Ja, ja, ja... -rió Amalia de buena gana.

-Te equivocas. Creo que no será muy mayor y era a mí a quien miraba. Ja, ja, ja... -Y le entregó la nota.

Doña Amalia la leyó con satisfacción.

-Estabas tan guapa el día de tu cumpleaños que no me extraña que fueras enamorando por ahí.

-¿Qué debo hacer, abuela?

-Pues lo natural: bajar, pero conmigo. ¡No faltaba más! Primero le echo yo el ojo. Luego... ya veremos...

Amalia esperó con impaciencia la llegada de la tarde. Para que se cumpliera la estrategia montada por su abuela, bajaron a las seis y media, haciendo esperar al caballero un tiempo prudencial. Eligió para la ocasión, una falda tubo negra y una elegante blusa blanca de gasa, como siempre de su madre; zapatos negros de medio tacón y un bolsito del mismo color, algo pasado de moda, completaban el atuendo. Se recogió el pelo en la nuca con un pasador y se arregló la cara someramente.

Embassy estaba repleto de clientes cuando llegaron abuela y nieta. A Rafael, que había tomado una discreta mesa al fondo del salón de té, se le hundió el mundo bajo los pies al ver aparecer a

Amalia acompañada. Miraba de reojo sin atreverse a abordar a las dos mujeres que, su vez, se hacían las distraídas mientras buscaban una mesa en la que acomodarse. Rafael se decidió a acercarse a ellas:

-Señoras, soy Rafael Méndez y tendría mucho gusto, si es que aceptan, en invitarlas a merendar.

Doña Amalia, con una sonrisa socarrona, contestó:

-Para eso hemos venido. ¿No es verdad, joven?

-Por supuesto, señora, por supuesto… Si les parece bien, podemos sentarnos en la mesa que tengo reservada.

Doña Amalia se dirigió resuelta hacia la mesa que Rafael le indicaba. Éste, azarado, ayudó a acomodarse en las sillas a las dos damas.

-Con su permiso- dijo, sentándose a su vez.

-Puede que les haya parecido un atrevimiento esta estratagema, pero no veía otro medio de conocer a la señorita.

-Me parece bien y muy natural que quiera conocer a mi nieta… Siempre que sus intenciones sean las que ella merece.

-Por eso no debe preocuparse, es más, si ella lo desea y hasta que tenga usted depositada su confianza en mi, podemos vernos en su grata compañía.

A todo esto Amalia no decía nada, mientras miraba a Rafael discretamente. Era mucho más alto que ella; tenía un cierto aire a Gary Cooper; delgado, castaño, con unos ojos pícaros verdosos que le bailaban en la cara y una sonrisa irresistible. Su corazón latía tan deprisa que le pareció que se iba a escuchar en todo el local.

Así es como, tras unas cuantas salidas con doña Amalia, la pareja empezó a verse a solas. Rafael llevó a Amalia a cuantas películas se exhibían en Madrid, después de merendar cada tarde en Embassy. Otros días se encaminaban hacia el Retiro y, sentados en un banco junto al Palacio de Cristal, solían ponerse al día sobre la historia de sus vidas, aunque Rafael se cuidaba mucho de hablar de su condición de agente secreto.

Rafael llevaba a Amalia ocho años. A sus veintisiete, y estando sólo en la vida, le propuso matrimonio a los pocos meses de conocerse. Perdidamente enamorada, se casó con él a los veinte años recién cumplidos.

La pareja, después de hacer algunos arreglos, modernizar la decoración y recuperar los lujos perdidos, se estableció en el piso que Amalia había heredado de sus padres. Doña Amalia siguió llevando las riendas de la casa y Rafael pasó encantado a ocupar, en forma de nieto, el papel de yerno mimado que antes había tenido Anselmo.

Tomaron una criada venida del pueblo de los porteros, Sagrario, que tenía la casa como una tacita de plata. Doña Amalia siguió ocupándose de la cocina, ahora con ingredientes recuperados en el nuevo estado de abundancia doméstica.

La pareja no tuvo hijos, no por falta de pasión, sino porque, tras un estudio ginecológico, a Amalia le dijeron que tenía las trompas de Falopio obstruidas y que nunca sería madre. A ninguno de los dos le importó demasiado. Viajaban constantemente por motivos profesionales de Rafael. Amalia nunca supo que no siempre se debían a la labor comercial del despacho de su marido. Así es como conoció París, Roma, Estocolmo, Londres, Berlín, Washington, Nueva York... Hacían una hermosa pareja en las recepciones de las embajadas; guapos, elegantes, mundanos y asombrosamente enamorados, vivieron años de una maravillosa "vida en rosa".

La casa marchaba a las mil maravillas entre doña Amalia y Sagrario. Las dos se llevaban estupendamente. La muchacha era limpia, bien mandada y servicial, sin ser servil, lo que no hubiera encajado con el campechano carácter de doña Amalia. Cuando Sagrario entró al servicio de la familia, apenas tenía cumplidos los quince años. De procedencia muy humilde, sus padres, que apenas podían mantenerla, se enteraron por Leandro, el portero, de que en el principal derecha buscaban una criada de confianza. Así fue como llegó a la capital en la que iba a permanecer el resto de su vida. Delgada y no demasiado alta, en cuanto empezó a comer bien espigó y alcanzó una buena estatura. Guapa no era, pero su cara franca y unos dientes inmaculados que lucía en una casi permanente sonrisa la hacían agradable a la vista. Acabó queriendo a doña Amalia como a una madre. Miraba por la casa como si fuera propia; cuidaba primorosamente las delicadas porcelanas; mantenía la plata bruñida y los muebles encerados y brillantes como espejos. Además de todas estas virtudes, tan deseables en una doméstica, era sumamente discreta, cualidad tanto o más apreciable que las anteriores.

La vida en la casa era buena para todos. Rafael y Amalia, vivían una permanente luna de miel. Amalia no se planteó cumplir el deseo de su padre de que estudiara una carrera porque la vida de viajes de Rafael se lo impedía. Él la quería siempre consigo y ella se abandonó a la dulzura de una relación armoniosa y feliz.

***

El año 1951 se despidió con una de las mayores penas que Amalia podía imaginar: la pérdida de su abuela.

Había transcurrido una agradable velada de Nochebuena. Doña Amalia cenó demasiado y se tomó varias copitas de anís con los turrones.

Sagrario recogía la mesa cuando Amalia le dijo:

-Deja, mujer, siéntate un poco con nosotros a tomar el turrón.

-Ahora vuelvo señorita, primero voy a dejar los platos recogidos.

-Abuela, no comas más, que te va a hacer daño.

-Señora, haga caso a la señorita Amalia, que se está usted poniendo morada a turrón.

-Ja, ja, ja -rió Rafael, secundado por su mujer.

-¡Si solo he probado un pedacito de cada uno!- dijo doña Amalia, algo ofendida.

-Pues eso precisamente, señora… Si hemos puesto: del blando, del duro, de yema, de frutas, de coco, de chocolate…

-¡No sigas, no sigas!... Bueno, pues termino con un polvorón, que no los he probado, y esta yema de Santa Teresa.

Después de jugar unas manitas de cartas a la brisca con Sagrario, doña Amalia se retiró a dormir a poco más de la una y media de la madrugada.

-¡Hasta mañana, tortolitos! ¡Adiós Sagrario!... Que durmáis bien.

-¡Hasta mañana! - contestaron los tres a coro.

El día de Navidad amaneció frío y lluvioso. Sagrario andaba trajinando en la cocina desde las ocho, recogiendo la vajilla del día anterior y poniendo todo en orden.

Cuando preparaba la mesa para el desayuno en la camilla del salón apareció Amalia desperezándose…

-¿Cómo te has levantado tan pronto, mujer? ¿Desde que hora estás de pié?

-Desde las ocho. Si es que a mi hora de siempre me despierto y ya… ¿qué hago en la cama?

-Voy a despertar a mi abuela para que desayune conmigo.

-Deje, que ya voy yo. Tómese el café que está recién hecho. No he ido a despertarla antes, para que duerma a gusto la mona de anís que se cogió anoche.

-Ja, ja, ja…- rió Amalia, de buena gana.

Sagrario entró sin llamar en la habitación de Doña Amalia y se dirigió a abrir las contraventanas del balcón. La escasa luz del encapotado día de diciembre, iluminó débilmente la habitación.

-Buenos días, señora.

El grito de espanto de Sagrario resonó en los oídos de Amalia, tan inconfundible como las cercanas campanas de la Iglesia del Santísimo Cristo de la Salud tocando a difuntos.

Doña Amalia había sufrido una apoplejía fulminante. Su cara, sonriente y amoratada, aún estaba tibia cuanto su nieta la tocó. Tenía setenta y tres años. Murió como había vivido, sin molestar a nadie, satisfecha y sin dar quehacer en largas y cansinas enfermedades. Dejó tras de sí tres seres abatidos y el amor sincero y permanente que había sembrado en sus corazones. Ninguno de ellos la pudo olvidar jamás. Desde ese día se decían unos a otros, como buscando el consuelo en su evocación: "ella hubiera dicho esto o aquello"; "estas croquetas no están ni la mitad de buenas que las que hacía ella"; "hay que mandar varear los colchones, que ya es verano, como quería la abuela"... Así, permaneció su incorpórea presencia en la vida cotidiana de la casa en un plano inasible y superior, en ese espacio en el que habitan para siempre los seres irrepetibles.

***

Sagrario ocupó poco a poco el vacío de la efectividad de la desaparecida. Su buena disposición y el cariño que ponía en lo que hacía, ayudaron a que Amalia y Rafael pudieran retomar sus vidas de trabajo y viajes. Así pasaron los años bastante parecidos unos a otros y la pareja acabó por formar con ella una sólida familia.

La muchacha hizo amistad con los porteros nuevos, que llegaron al jubilarse Leandro en 1965. Fue la madrina del primer niño que nació en la portería, Luisito. A menudo solía subirse al pequeño a pasar ratos con ella en casa; a Amalia y Rafael les gustaba verlo corretear por allí. El chico creció entre la portería y el principal derecha. Se hizo habitual que subiera a hacer los deberes y que preguntara a Rafael las dudas que tuviera sobre las tareas. Amalia por su parte le iba introduciendo en el gusto por la lectura; había que verlos a los dos de codos en la gran mesa de despacho, cada uno por su lado, como si se encontraran en una biblioteca pública, bebiéndose los libros.

-Hijo, -solía decirle Sagrario, desde bien pequeño- aplícate todo lo que puedas; me gustaría que cuando seas mayor estudiases la misma carrera que mi señorito, ya ves qué bien le ha ido en la vida; además, tienes libros de sobra para aprender en esta casa.

Los años pasaron en un vuelo y con ellos llegaron grandes cambios sociales y culturales: la televisión, el principal de ellos, abrió los ojos de la buena de Sagrario al mundo que hasta entonces apenas si había salido del entorno del Barrio de Salamanca.

1984 trajo grandes novedades: Luisito empezó la carrera de derecho en la Complutense. Sagrario no cabía en sí de gozo y de orgullo.

-¡Qué contenta estoy de que empieces la carrera, hijo!; los señores también están encantados de que vayas a la universidad. No creas que soy yo sola la que te paga los estudios que los señores, un mes sí y otro también, arriman a mi sueldo una buena propina para que la gaste en ti, que lo sepas. ¡Aprovecha la suerte que has tenido en la vida!

Mientras Luisito ponía la primera piedra de su futuro, Rafael se jubilaba a los setenta años y cerraba su ya innecesario despacho de la calle Hermosilla, pasando al tiempo página a su doble vida.

Luisito acabó brillantemente la carrera en 1989 y Rafael lo recomendó para un puesto de trabajo en Londres. Sagrario y Amalia nunca tuvieron muy claro en qué lugar concreto trabajaba, tampoco los porteros, sus padres, aunque recibían frecuentes cartas y llamadas de teléfono en las que se le notaba feliz y contento con su vida.

El tiempo se hizo de repente más fugaz… Pasaban los años tan deprisa que Amalia, sin darse apenas cuenta, dejó de ver en el espejo a una linda muchacha, para empezar a ver una hermosa mujer madura. Aún conservaba la esbeltez de la juventud y había afianzado su carácter dulce y apacible. Rafael también había envejecido bien, ella lo encontraba más interesante que cuando era joven, conservaba un abundante pelo canoso y los mismos ojos pícaros que la habían enamorado. Sagrario, por su parte, había tramitado su paga de jubilación como doméstica. Rafael y Amalia la propusieron que, si era su gusto, siguiera llevando la casa con la ayuda de una nueva doméstica. Sagrario puso el grito en el cielo y dijo que se bastaba y sobraba para seguir llevándola sola, lo cual siguió haciendo con la misma competencia de siempre. Ágil y flexible, mantenía un tipo muy similar al de Amalia…

-Señora, estoy deseando que deseche ese traje-pantalón, me va a quedar que ni pintado.

-Pero mujer, ¿no te gusta estrenar? ¿es que no ganas para ropa nueva, ahora que cobras dos pagas?

-Sí señora, pero cada una tiene su forma de gastarlo.

Y era cierto. Sagrario se había empeñado en hacer un viaje a Londres para ver a su ahijado. Una vez allí, no la convenció la idea de que Luis viviera en un apartamento alquilado...

-Voy a comprar un pisito para poder venir a verte cuando pueda.

-Pero madrina, ¡si por ese dinero puedes venir cada vez que quieras al mejor hotel de Londres!

-No, si ya... Pero a mí me dan mucho asco las camas de otros. Prefiero acostarme en mi cama cada vez que venga.

-Bueno, como quieras, no dejas de hacer una buena inversión, los inmuebles en Londres se revalorizan constantemente.

Sagrario compró, por consejo de Luis, un coqueto apartamento en Trafalgar Square.

Llevaba una semana en Londres y se marchaba al día siguiente cuando Luis la invitó a cenar en un lujoso restaurante del centro. A los postres, le puso la llave del piso en la mano.

-Toma, hijo, es para ti... y no me digas nada. Te he comprado el piso como se lo hubiera comprado a un hijo mío. Yo tengo todo lo que puedo necesitar en la vida: la casa en la que trabajo es mi casa; vivo en lo mejorcito del barrio de Salamanca de Madrid... ¿qué más puedo pedir?

El desembolso acabó con sus ahorros de toda la vida pero, al contrario que Rafael y Amalia que vivían en el dulce nirvana de quienes saben que, cada mes, vuelve a rellenarse su cuenta corriente, Sagrario, en su natural previsor, volvió a ahorrar todo lo que podía, según decía, para el día de mañana.

Sin apenas darse cuenta, el día de mañana llegó, de sopetón, para Amalia y Sagrario. El veintiocho de diciembre del año 2006, día de los Santos Inocentes, era el que el destino tenía reservado a Rafael para dejar este mundo.

Amalia, que se había acostado pero aún no estaba dormida, leía como de costumbre al compás de los suaves ronquidos de su marido, interrumpidos por cortas paradas a las que estaba acostumbrada. De pronto Rafael hizo una parada más larga de lo habitual… Lo llamó primero quedamente y luego, asustada, a gritos: -¡Rafael! ¡Rafael!- sin ningún resultado. Se lanzó, luego de zarandearlo y palmetearle la cara, a la puerta y corrió al cuarto de Sagrario….

-¡Sagrario, levántate por Dios! ¡mi marido no respira!

Sagrario salió como una exhalación y se aplicó a hacer a Rafael, ya muerto, parecidas maniobras de reanimación a las que le había hecho antes Amalia, sin resultado.

Se quedaron las dos paradas mirándose la una a la otra. Amalia no había visto nunca en camisón a Sagrario. Acostumbrada a desayunar en la cama, Sagrario entraba a su habitación todas las mañanas para desperezarla a las nueve. A esa hora, estaba en uniforme de faena: bata de cuadritos rosa o azul y su impecable delantal blanco y ya había subido el periódico que Rafael leía tranquilamente en la camilla, ante el balcón, mientras consumía las dos tazas de café solo que ella le había servido.

-¡Señora que ya han pasado las burras de leche!

-Buenos días Sagrario… siempre igual; a ver si te inventas otro soniquete, que este ya está muy visto.

Ahora se miraban consternadas, en camisón, socialmente igualadas ante la muerte, había poca diferencia entre ellas: las dos viejas, altas y enjutas, cruzados en aspa los brazos sobre el pecho, dejaban ver las manos sarmentosas y salpicadas de pequeñas manchas marrones; las de Sagrario con las uñas recortadas y sin pintar; las de Amalia esmeradamente cuidadas y esmaltadas en un color rosado perla. Hubieran podido pasar por hermanas, tal era el mimético parecido que habían conseguido con el paso de tanto tiempo juntas.

-Voy a avisar al portero, nosotras solas no vamos a poder amortajar al señor; un cuerpo muerto pesa el doble que uno vivo.

Amalia la miró como ida y no contestó nada.

Sagrario se fue a su cuarto y apareció en un santiamén vestida de uniforme. Se echó una chaqueta azul marino por los hombros y bajó hasta la portería.

-¡Luis! ¡Luis! ¡María!- clamó, aporreando la puerta de cristal.

Al rato se abrió el visillo y apareció la portera somnolienta.

-¿Qué pasa Sagrario?

-Mi señor… Que se ha muerto.

-¿Qué dices, mujer? si esta tarde ha pasado con tu señora del brazo y estaba tan pelengo.

-Mira María, déjate de tonterías y llama a Luis que se va a enfriar y luego no le vamos a poder vestir. Mi señora y yo no podemos con él.

La portera desapareció y llegó, al poco, con su marido que se había puesto los pantalones grises del uniforme sobre el pijama que asomaba por debajo.

-¡Vamos para arriba, mujer! ¡Seguro que no será para tanto!

-Lo que tú digas- dijo condescendiente Sagrario.

Llegaron al dormitorio y se encontraron a Amalia en la misma postura: girada de espaldas a la cama y mirando, ausente, a algún punto indefinido.

Sagrario abrió el armario, buscó una bata, le hizo meter las mangas y se la anudó a la cintura.

-Señora, siéntese en la descalzadora, no se vaya a marear. Voy a llamar al médico.

-¡Buena falta le hace el médico ya! Habrá que llamar a la policía -terció el portero.

-¡De eso nada! ¡Ni que fuéramos delincuentes! Mi señor se ha muerto en su cama como Dios manda ¡Tienes unas cosas!

Rafael se fue como doña Amalia, sin dar tiempo a despedidas ni largos sufrimientos propios o ajenos. Cumplidos los noventa y dos años, dejaba atrás una vida plena de felicidad matrimonial; había conocido muchos lugares hermosos del ancho mundo que habitó y vivido situaciones que, no por haber sido el lado oculto de su vida, dejaron de ser interesantes y singulares.

El médico certificó la defunción como infarto masivo.

Luisito no pudo venir. Telefoneó, desde Libia, para excusarse.

***

Así fue como se quedaron las dos mujeres solas en la casa: Sagrario preparando cafés para algún vecino de los que quedaban antiguos en la finca, únicas visitas que vinieron a dar el pésame al no tener familia cercana; Amalia resignada a lo inevitable y dulcemente abatida.

Rafael había acostumbrado a Amalia a vivir en una minoría de edad permanente en todo y más en lo que atañía al dinero. Él fue poco previsor, seguramente porque algunas personas nunca piensan en su propia desaparición física y, sin intención de hacer el menor daño al ser que más amaba, se llevó con él la llave de la despensa.

Amalia tuvo que vencer la pereza de ocuparse de la economía doméstica cuando Sagrario le pidió dinero para la compra. Fue a buscar la cajita de caudales de su dormitorio y la puso sobre la camilla del salón; al abrirla encontró cinco billetes de cien euros.

-¿Cuánto necesitas?

- Pues déme cien euros… como hacía el señor.

-Toma -dijo apartando un billete y entregándoselo- cuando se te acabe me pides más.

-Me durará bastante… ahora… para las dos solas…

Amalia se decidió a ir al Banco cuando sólo le quedaba el último billete en la caja.

-Sagrario, pídeme un taxi, no me apetece pasear, hace mucho frío y tengo que salir al Banco.

-¿Quiere que la acompañe?

-Bueno, vente conmigo- contestó Amalia, ante la incertidumbre que le producía afrontar la vida sola.

El taxi las dejó a la entrada de la Gran vía. Amalia iba pensando en el día que fue con Rafael a abrir la cuenta al poco de casarse. El

Banco Urquijo estaba entonces en Alcalá esquina a Barquillo. Era un banco señorial en el que tenían cuenta abierta la mayoría de la aristocracia y de las grandes fortunas. El patio de operaciones estaba rodeado de amplios mostradores para atender al público de oscura madera encerada. Ella solía esperar a que Rafael terminase las gestiones sentada en un sofá circular de cuero granate que había en el centro, coronado por un gran reloj redondo. En más de una ocasión, y para entretener el tiempo, paseó por la galería de despachos del primer piso para admirar los hermosos tapices y cuadros colgados en ella. A la salida tenían por costumbre tomarse un jerez en Chicote.

La antigua sede del banco había sido vendida a Tabacalera; ahora tenían una oficina más pequeña e impersonal en el número cuatro de la Gran Vía. Allí entraron las dos mujeres. Amalia se dirigió al conserje sentado en una mesa a la entrada.

-Buenos días. ¿Puede decir al señor Ayuso que Amalia Aparicio desea verlo?

Antonio Ayuso no tardó en aparecer y pasó a Amalia a su despacho. Sagrario, por voluntad propia, quedó fuera esperando. Ayuso conocía a Amalia desde hacía bastantes años, había pasado a atender al matrimonio cuando se jubiló su padre, anterior interventor del Banco.

-¿Cómo vamos, doña Amalia?

-Pues triste, hijo, triste, cómo es natural… aunque Rafael ha tenido tanta suerte para dejar este mundo que casi hay que dar gracias a Dios. Ahora sólo me queda esperar a reunirme con él.

-Tendrá que esperar muchos años, está usted muy bien todavía.

-No crea que me interesa vivir mucho más. ¿Qué me queda por hacer ahora? Bueno, no quiero aburrirte con cosas de vieja, vengo a retirar dinero para el gasto de casa.

-¿Cuánto quiere?

- Quinientos euros.

- Ahora mismo se lo preparo.

- Por cierto… doña Amalia… debo advertirle que desde hace dos meses no llega la transferencia de Londres.

-¿De Londres? ¿Qué transferencia?

- Pues… la transferencia mensual que recibía don Rafael.

- No sé nada de eso. ¿Y no ha llegado la pensión? La verdad es que no he tenido ánimo de presentar los papeles para cobrar la viudedad, lo voy a hacer ahora.

-Señora, su marido no cobraba pensión, recibía la transferencia que le indico. Aún le quedan en cuenta doce mil euros, puede disponer de lo que guste; ya hemos arreglado todo para que no tenga usted problemas.

-Pero… ¿de donde venía la transferencia? ¿algo relacionado con su antiguo despacho de fletes?

-Mire, doña Amalia… He tratado de investigar sobre la procedencia del dinero cuando he visto que no llegaba este mes. Puedo decirle que he tropezado con una espesa cortina que oculta toda información por parte del banco inglés.

-¿Qué banco es ese?

-El Barclays.

-Pero ¿cómo? ¿qué dicen?

-Niegan haber enviado nunca esas cantidades periódicas y, además, en mi propio Banco se ha borrado todo el historial de transferencias. Su cuenta figura ahora como abierta por don Rafael el mes anterior a su fallecimiento, eso sí, le puedo garantizar que con unos doce mil euros que era el saldo que tenía la anterior. Doña Amalia, le pido a usted que no me comprometa. No puedo hacer más, ni en las altas esferas me dan ninguna explicación. Entre usted y yo… doña Amalia… ¿sabe usted si su marido trabajaba o había trabajado para los servicios secretos británico o español?

-No sé nada, Antonio… No sé nada.

En el taxi de vuelta Amalia no despegó los labios. Iba calibrando la posibilidad de compartir con Sagrario la información que le acababan de dar. Le duró muy poco la duda y resolvió decírselo, al fin y al cabo era la única persona en el mundo a la que podía confiarse, su única familia.

Al llegar a casa se lo contó.

-Si lo que yo digo, señora: normal, normal… lo que se dice normal, no he conocido ningún hombre. ¿Por qué se cree la señora que no me he casado? Figúrese… Con lo majo que parecía Don Rafael… ¡Si hemos vivido con un espía! ¡y sin saberlo!... ¡Jesús bendito!

-¡No digas sandeces mujer! Si ha sido así, seguro que me ha tenido *in albis* para protegerme.

-De todas formas… me parece, señora, que tenemos que hacer una visita a las oficinas de la Seguridad Social, allí donde me arreglaron mis papeles de la pensión.

-Iremos mañana mismo, Sagrario… estoy bastante preocupada.

Una funcionaria amable y cordial explicó que Rafael Méndez Gil no constaba en la Seguridad Social como cotizante, aunque prometió hacer todo lo posible para gestionarle una pensión mínima para no cotizantes. Sin embargo, de no ser por la constancia tozuda de Sagrario, Amalia se queda sin pensión. Después de incontables idas y venidas y de ingente papeleo, por fin lo consiguió. Amalia seguía como sin voluntad al rebufo de la energía de Sagrario, quien el día que llegó la carta de la concesión de la escueta pensión y cuando vio que a su señora le iban a pagar menos que a ella, se indignó. Disimulando su enfado, optó por darle la suma de las dos pensiones y dijo para tranquilizarla:

-No tiene que preocuparse, señora. Entre las dos, cobramos algo más de mil euros. Nos las vamos a arreglar estupendamente.

Sagrario, como Rafael, decidió dejar a Amalia al margen de los problemas de viabilidad doméstica en la medida de lo posible. Pensaba, en su creencia sencilla y popular, que las señoras tendrían que sentirse muy desgraciadas ante las adversidades económicas.

-Señora… que… si le parece bien… podríamos a abrir una cuenta a nombre de las dos, para que nos metan allí las pensiones juntas; así nos enteraremos mejor de lo que tenemos y de lo que puedo sacar después de que nos cobren todos los gastos del mes.

-Es una idea estupenda, Sagrario.

-Pero a mí no me mande ir a ese banco tan lejos ni tan raro al que usted va, creo que lo mejor es que la abramos en la Caja de Madrid, donde tengo yo los ahorros; la que está en Serrano; así, para sacar dinero, la tengo bien a mano antes de ir al mercado.

-Me parece muy bien y me gustaría que tú me administrases mis ahorros, ya sabes que tengo doce mil euros en el Banco.

-¡Tenía!, señora, ¡tenía!, que ya nos hemos gastado lo que ha ido usted sacando para la compra y no sabemos cuanto queda después de los cargos mensuales.

Efectivamente, cuando Amalia llamó a Ayuso al Banco Urquijo, éste le dijo que quedaban en cuenta unos cinco mil euros nada más.

-No me lo explico, Sagrario, si no me he gastado nada… No he vuelto a ir de compras, ni he hecho ningún gasto especial.

-Ya… si ya lo sé… pero tiene que darse cuenta que vivir en esta casa, con portero y calefacción central, ya vale un disparate; luego la luz, el gas, el teléfono…

-¡Pero si no llamo apenas! ¿A quien voy a llamar, si no tengo a nadie? Solo recibimos las llamadas de Luis, desde Londres.

-Ya, pero cobran una cantidad fija por tenerlo nada más.

-¿Sí?

-¡Anda, pues claro!... Tiene usted unas cosas…

Sagrario se sentó ante la mesa de la cocina a hacer un plan de gastos mensuales. Cuando restó a las pensiones el pago de comunidad, vio que apenas quedaban algo más de setecientos euros para comer y para luz, agua, gas y teléfono, y eso sin contar que hubiera ningún imprevisto. Ni se lo enseñó a Amalia. Comprendió que estaban ante una situación muy difícil y que, si vivían lo bastante, pronto se terminarían los ahorros a los que, indefectiblemente, tendrían que acudir

-Señora, si le parece juntamos sus ahorros con los míos en una cartilla a nombre de las dos.

Amalia pensó que era un abuso por su parte. Sagrario, a pesar de haberse gastado casi todos lo que tenía en la compra del piso de

Londres, había ahorrado después más dinero del que le quedaba a ella y así se lo hizo saber…

-¡Déjese de tonterías! Nos tenemos la una a la otra. ¿Qué quiere usted? ¿que si me muero se lo pida el Ismael, mi sobrino, que hace más de diez años que ni me llama por mi cumpleaños?

-Lo lógico, por edad, es que me muera yo antes que tu Sagrario, pero haz lo que quieras.

-No crea que nos va a durar mucho, ahora con lo del euro no cunde nada el dinero… Pero estirándolo…

Así, Sagrario entró a administrar una cartilla de ahorros, que uniendo las fuerzas económicas de las dos sumaba treinta y un mil euros.

El estricto control de gastos de Sagrario y sus apaños en la cocina recordaban a Amalia los tiempos difíciles de la guerra y la posguerra, pero no le importaba en absoluto, era parca en el comer y estaba acostumbrada a los guisos económicos que por otra parte le encantaban.

-Señora, vuelva usted a salir de paseo como antes. ¡Arréglese y salga! No vayan a pensar los porteros o los vecinos que no tiene usted donde caerse muerta. Póngase sus joyas y su buena ropa ¡que tiene usted ropa para aburrir! ¡y salga!

A Amalia no le apetecía mucho salir y ahora que no podía permitirse el lujo de entrar en Embassy ni a tomar un café, menos. No obstante, más por complacer a Sagrario que por otra cosa, reanudó sus paseos de las tardes. No gastaba nada más que la suela de los zapatos, pero se reencontró con la alegría de las calles y al volver a casa, como estaba cansada, dormía mejor. Sagrario, por su parte, estaba satisfecha de ver a su señora manteniendo el relumbrón del que tanto presumía ella en las tiendas del barrio. Lo último que le hubiera gustado a ella es que pensaran que Amalia estaba en la ruina.

-¿Le habrá quedado una buena pensión a tu señora, verdad? -le preguntó María, la portera.

-Pues no lo sé porque ella no me lo ha contado. Las señoras no cuentan esas cosas, María. Pero si no le hubiera quedado no se permitiría el lujo de tener criada… A mí el sueldo no me falta.

A la inquebrantable fidelidad de Sagrario se unía su cierta discreción: "Al que quiera saber, poquito y al revés", pensaba para sus adentros.

El hermanamiento de Amalia y Sagrario era completo cumpliendo, cada una de ellas, el papel que sabía le gustaba a la otra. A Amalia no le hubiera importado, incluso lo planteó insistentemente, compartir las tareas domésticas con ella. Le parecía lo justo en ese estado de cosas. ¡Buena se puso Sagrario!...

-¡Hasta ahí podíamos llegar! Usted a lo suyo, como siempre. Usted es la señora y yo la criada. Por lo que le ha pasado no tiene que dejar de serlo.

La convivencia entre las dos mujeres se estrechó. Cuando transcurría la jornada de sus quehaceres, se sentaban juntas a ver la televisión en el salón y, casi siempre, acababan dormitando. Otras veces, Amalia leía en voz alta pasajes del libro que tuviera entre manos. Sagrario la escuchaba atentamente.

-No me extraña que tenga usted ese vicio de leer, si es que lo que cuentan los libros es más entretenido que la televisión.

La cartilla de ahorros sufrió dos catastróficos descalabros: el primero cuando hubo que pagar una derrama especial para cambiar el ascensor. En la reunión de pudientes vecinos se acordó pagarlo al contado para no sumar intereses al gasto. Amalia, presente en la junta, no se atrevió a ser la única en oponerse. El segundo, cuando poco después hubo que cambiar la instalación de las tuberías de toda la finca y hacer reformas y arreglos en los pisos.

Amalia y Sagrario no tuvieron más remedio que enfrentarse a la realidad de que apenas podrían subsistir con las pensiones solamente.

-Creo que tendré que imitar a mi abuela: en guerra vendió todo lo que había en la casa de valor y eso vamos a volver a hacer ahora.

-Sagrario se enjugó torpemente las lágrimas y quedó callada.

-No te preocupes, mujer. El tiempo de escasez que viví con mi abuela, sin ningún lujo superfluo, fue una de las épocas más felices de mi vida. Nada de esto es necesario -dijo abriendo el cajón de los cubiertos de plata del comedor- Lo primero que vendió mi abuela fue la cubertería de plata. Por aquí vamos a empezar.

Y así es como de nuevo fueron desapareciendo poco a poco todos los objetos de valor de la casa. Salían las dos juntas, como si fueran a la compra, y en el carrito metían lo que llevaban a vender a una tienda de compra venta de la calle Alcalá, pasado el cruce de Goya.

Sagrario encajó muy mal la situación, no así Amalia, que se creció ante ese estado de cosas. Amalia la encontraba desmejorada y lo achacaba a la tristeza que le producía la decadencia económica. Sagrario, delgada de por sí, perdió peso en extremo. Ya no canturreaba mientras hacía las faenas de la casa. Solo se animaba cuando Luis llamaba.

-¿Que qué tal estamos? Estupendamente hijo, tan agustito en Madrid. ¿Cuándo vienes? ¿qué estás muy lejos? ¿en Nueva York? ¡Jesús, María y José! Siempre de acá para allá. Seguro que sigues sin novia; al final te vas a quedar más solo que la una y ya eres cuarentón… Doña Amalia te manda muchos recuerdos... Sí, sigue leyendo sin parar, como siempre. Ahora me lee a mí, aunque yo sepa leer ella lo cuenta todo tan bonito que da gusto oírla.

Amalia se empeñó en que Sagrario, por primera vez en su vida, fuera al médico. La doctora del ambulatorio le mandó hacerse unos análisis. El día que fueron a recoger los resultados a Amalia no le pasó desapercibida su expresión de preocupación. Las pruebas complementarias se las hicieron en el Hospital de la Princesa. Amalia fue sola a recogerlas y se las llevó a la doctora.

-Tiene un cáncer diseminado. Los análisis ya lo indicaban y los niveles de los marcadores tumorales en sangre son muy altos. Creemos que el tumor primario puede tener su procedencia en el cuello del útero. Por lo que veo en el ordenador, esta señora no se he hecho nunca las pruebas ginecológicas anuales, nos encontramos con muchas personas mayores en las mismas condiciones…. Lo siento.

-¿Qué quiere decir? desbocado corazón recobró la marcha normal, reflexionó sobre la recomendación de la doctora: "sinceridad, a medias, con la enferma". No lo tenía claro, las muertes a las que había tenido que enfrentarse antes no le habían planteado ni dudas ni problemas en ese sentido. Un profundo dolor invadía todo su ser.

Sagrario estaba pelando y partiendo longitudinalmente unas judías verdes sobre la mesa de la cocina cuando llegó Amalia con las pruebas colgando de la mano. Quiso aparentar normalidad, pero no pudo engañar a Sagrario que, levantando la vista, reconoció en su cara la expresión de consternación.

-No hace falta que me cuente mucho. No se preocupe, soy ya vieja y lo que me anda corriendo por el cuerpo es algo muy diferente a nada de lo que antes me haya sentido… Es como un bicho que, de vez en cuando, me mordiera por dentro… No necesitaba yo tanto médico para saber que me ha llegado la hora.

Amalia dejó las pruebas sobre la mesa y fue directa al fregadero para servirse un vaso de agua.

Desde ese momento se dedicó en cuerpo y alma al cuidado de su amiga. Surgió en ella la fuerza de la sangre heredada de su abuela. Todo lo controlaba, a todo llegaba. Cuando Sagrario no tuvo ya fuerzas para levantarse de la cama, ella

-Quiero decir la verdad: no vamos a poder hacer nada por ella, salvo evitar su sufrimiento en la medida en que la ciencia lo logre.

-¿Cuánto tiempo…?

-Poco… meses… todo lo más un año, pero no creo. Le daremos apoyo y tratamiento ambulatorio y domiciliario. Todo lo que necesite la enferma puntualmente y, si lo requiere su estado, puede ser ingresada en el hospital.

Amalia se sentó en la sala de espera hasta que consiguió serenarse. Cuando su la alimentaba, la lavaba, le untaba cremas para que no le salieran escaras y le ponía todas las inyecciones de morfina que la enferma demandaba para que padeciera lo menos posible.

Luis vino a despedirse de su madrina. Estuvo una semana y después no tuvo más remedio que marcharse.

-Doña Amalia, muchas gracias, es usted un ángel. Mis padres me dicen que la quieren ayudar, pero que usted no se deja.

-¡Ya lo creo que me ayudan, hijo!, si no fuera por ellos no podría ni salir a la compra. Tu madre, además, sube todas las mañanas para asearla entre las dos, el resto quiero hacerlo yo misma, sólo así podré pagarle una pequeña parte de lo que ella ha hecho por mí.

La portera, María, estaba en la casa acompañando a Amalia toda la noche cuando expiró Sagrario. Había entrado en coma tres días antes y se fue apagando, poco a poco, con las primeras luces del día. Nunca antes con las otras muertes de sus seres queridos había sentido Amalia una sensación de vacío, dolor, soledad y desamparo semejante.

Lloró la ausencia de Sagrario hasta que no le dieron las fuerzas más de sí. Luis y María, los porteros, también sinceramente abatidos por la muerte de Sagrario, fueron durante un tiempo una compañía inestimable.

***

Amalia, por primera vez en su vida en soledad, meditaba sobre la inoportunidad de ser tan longeva. Era realmente triste haber sobrevivido a todos los habitantes del principal derecha. Había vivido ochenta y siete años en aquel lugar, allí había sido feliz mientras ellos la acompañaron. Ahora… ¿para que más? Había nacido rica para luego ser pobre, y de nuevo rica, y ahora… de nuevo pobre… extremadamente pobre…

La pensión que con tanto empeño le había tramitado Sagrario, le servía al menos para pagar los gastos básicos de la casa, pero no daba para nada más. Con los ahorros acabados y los objetos de valor de la casa vendidos, dirigió los ojos a sus joyas, esas que Sagrario no le había dejado vender por aquello del orgullo de que su señora fuera, ante vecinos y gentes del barrio, la misma de siempre.

Amalia se dio cuenta de que, aún vendiéndolas todas, tendría que llevar una vida espartana. No estaba dispuesta a ponerse en manos de los servicios sociales ante el temor de que la ingresaran en una residencia. Era una persona tan lúcida y físicamente se valía tan bien por sí misma que consideraba una enorme injusticia del destino perder la autonomía personal en esas circunstancias.

Se decidió a ir a la joyería de la calle Serrano en donde solía comprarle su marido una joya cada aniversario de bodas. Se sinceró con la encargada, una hermosa muchacha que le prometió discreción y hablar con sus jefes. Al día siguiente, Amalia volvió al establecimiento.

-Me han dicho mis jefes que en atención a su marido, don Rafael, y por ayudarla en esta situación, vaya usted trayendo lo que necesite vender y ellos lo valorarán lo más alto posible. Pero tenga en cuenta que unas piezas las podrán vender enteras porque no hayan perdido actualidad y otras serán para fundir, pesar el oro y separar las piedras para hacer nuevas creaciones en el taller.

-Dígales que se lo agradezco mucho… Aquí le traigo una pulsera. Mañana volveré, si le parece bien.

-De acuerdo doña Amalia. Hasta mañana.

Amalia volvió al día siguiente y, con el dinero que recibió, se encaminó al Corte Ingles de Goya. En la sección de bisutería buscó una pulsera similar a la que acababa de vender y se la puso. La noche anterior había decidido que seguiría siendo fiel a los principios de Sagrario: ella, Amalia Aparicio, debía continuar aparentando ser una gran dama. Este secreto sobre su verdadera situación lo compartía con el espíritu de Sagrario, con quien solía hablar a todas horas para no sentirse sola en la casa. Respecto a los demás queridos muertos… también andaban por allí, a sus cosas.

Hacía cuantas economías eran posibles: para no gastar agua se mojaba y luego, cerrada la ducha, se enjabonaba y abría el grifo el tiempo justo para enjuagarse; leía mientras había luz natural y, al caer la noche, se acostaba dejando las contraventanas del balcón abiertas para despertarse con la luz del amanecer del nuevo día; por la calefacción no tenía que preocuparse, sus pobres huesos estaban calentitos al precio de oro de los gastos de comunidad de la casa; el teléfono era un lujo del que no quiso prescindir, solo por esperar la llamada de Luis que invariablemente se producía cada semana. Siempre, ante su pregunta ritual de cómo se encontraba, ella respondía favorablemente, por lo que le tenía permanentemente engañado, ocultas las estrecheces por las que estaba pasando.

Se hizo una experta en el arte del disimulo ante vecinos y conocidos del barrio y sobre todo con los porteros, que eran las únicas personas que, aparte de Luis, se interesaban realmente por ella.

Tocado el fondo del joyero y cuando solo quedaban en él las imitaciones que había ido comprando en el Corte Inglés, Amalia empezó a pasar hambre; apenas compraba nada más que pan y leche.

María, la portera, le había contado durante las tardes de la enfermedad de Sagrario en las que le hacía compañía que, cuando cerraban al público, la puerta de entrada de mercancías del cercano supermercado Alfaro se llenaba de indigentes y de algunas otras personas que, a su juicio, no eran más que gentes necesitadas que acudían a llevarse los productos caducados que desechaba el establecimiento.

Así es como se decidió a hacer su primera incursión nocturna.

Cuando Luis, el portero, cerró el portal y apagó las luces de la escalera, Amalia, vestida con la ropa de Sagrario y con un pañuelo a la cabeza, salió a la calle y anduvo hasta la esquina de Claudio Coello para torcer después a la calle Ayala.

Cuando llegó al supermercado no encontró más que a una señora mayor que andaba a la busca revolviendo en unos grandes contenedores. Ella se acercó prudentemente y la anciana la miró de soslayo.

-“Ya non jay nada “-dijo con un indefinido acento que a Amalia le pareció del este, rumano quizás- “Jemos vinido tarde. Jay vinir a las diez”.

Amalia se retiró avergonzada…

Al día siguiente volvió a salir a las once cuando, cerrado el portal, estaba segura de que el portero estaba en su casa. Llegó a la trasera de Alfaro y encontró a la misma anciana. Estaba sentada en el bordillo de la acera y esta vez con su pequeño botín recogido en el interior del delantal.

-“Signora: si no vinis antes, non jay nada”.

-No puedo venir antes. No quiero que nadie me vea salir de casa.

-“Tien.” -le dijo, entregándole unos yogures-. “Tien” - le dijo, poniendo en las manos de Amalia un paquete de magdalenas.

-Muchas gracias. ¿Cómo se llama?

-Angelina.

-Muchas gracias, Angelina… Buenas noches.

Desde ese día, Angelina recogía cosas para las dos y Amalia le llevaba en agradecimiento pequeños objetos de su casa: ceniceros, pañitos de ganchillo, marcos para fotografías… Angelina protestaba...

-“Non signora. Non quiero nada”.

Una noche, Luis sintió que abrían el portal y se asomó a través del visillo de la portería.

-¡María! ¡María! Vas a decir que veo visiones, pero juraría que he visto al fantasma de Sagrario pasar por el portal, abrirlo y salir a la calle.

-¡Tú estás loco! ¿Sagrario?

-Te digo que sí. Ya llevo unas cuantas noches oyendo como salen a las once más o menos y hoy me he asomado a ver quien era.

Al día siguiente, ambos esperaron impacientes la hora señalada.

Puntual, Amalia, disfrazada como siempre con las ropas de Sagrario, pasó sigilosamente.

-Es doña Amalia, pedazo de bruto. Es doña Amalia disfrazada de Sagrario… ¿A dónde irá?

María, ni corta ni perezosa, salió como una exhalación tras ella a punto de verla dar la vuelta a la esquina de Claudio Coello. Echó una buena carrera y pudo presenciar, a una distancia prudente, el conciliábulo de las dos ancianas.

Recogido su botín del día, Amalia regresó sobre sus pasos seguida a corta distancia por María.

-Pasa hambre, Luis, esta pobre mujer está pasando hambre -decía María consternada y hecha un mar de lágrimas.

-Estas señoritas tienen cojones... con tal de aparentar... Porque la ves y no hay quien diga que está pasando las de Caín, como quien dice...- reflexionó el portero.

-Nosotros no entendemos de ese orgullo que tienen los señores - contestó María- No hemos nacido en su cuna y no los comprendemos. Doña Amalia es un cacho de pan. ¡Hay que ver como se ha portado con la Sagrario, que en paz descanse! Mañana mismo voy a hablar con el hijo. Esto lo tiene que saber.

El teléfono sonó en casa de Amalia a las once y media de la noche. Ella, que ese día estaba algo resfriada, no había salido a su incursión nocturna y se había acostado al oscurecer, a eso de las ocho, para no gastar luz. Se levantó precipitadamente...

-¿Sí?

-Soy Luis, doña Amalia.

-¡Hola, hijo!, ¿cómo es que llamas tan tarde?, ¿te pasa algo?

-Ja, ja, ja... No, no se preocupe... Es tarde para un inglés, pero no para un español. Ja, ja, ja...

-¡Qué alegría oírte! ¿Cómo va todo?

-Bien... y mal, doña Amalia. La verdad es que echo mucho de menos Madrid. La llamaba para pedirle a usted consejo y, según lo que me diga, después pedirle un favor.

-Pues tú dirás. Y respecto al favor, si está en mi mano, cuenta con él.

-Ya sabe que su marido, Don Rafael, me recomendó para un bufete de abogados en Londres que se dedica, como el que él tenía abierto en Madrid, al comercio de transporte marítimo.

Amalia permaneció un momento callada, mientras entendía en qué podía consistir el trabajo de Luis. Optó por guardar silencio respecto a las fundadas sospechas que abrigaba sobre la verdadera actividad a la que se había dedicado Rafael y a la que, con toda probabilidad, se dedicaba éste ahora.

-¡Doña Amalia!... ¿Me escucha?

-Sí, hijo. Perdona. Sí, ya conocía cual era tu actividad en ese bufete de Londres. Continúa…

-Verá, doña Amalia: yo había pensado volverme a Madrid para establecer allí mi empresa.

Amalia, continuó la conversación con toda naturalidad…

-Ya sabes que lo único que deseo es que tomes la decisión correcta y que todo te vaya bien. Conociéndote, me consta que lo habrás meditado a fondo.

-Por supuesto. Ahora viene la parte más difícil… Mire, no he podido olvidar nunca ese despacho de su casa en el que aprendí a leer y a escribir. Allí preparé, con la inestimable ayuda de su marido, el bachillerato y la carrera; allí también adquirí, gracias a usted, el hábito de la lectura… Doña Amalia, lo que quería pedirle es que me haga el enorme favor de alquilarme el despacho para montar mi bufete. Ya he preguntado cuánto cuesta un alquiler en la zona para un despacho de esas características, en una buena finca, céntrico y en la mejor zona del barrio de Salamanca… En resumidas cuentas doña Amalia, me haría un gran favor si accede a alquilármelo, si le parece bien, por dos mil quinientos euros al mes.

Amalia no pudo contestar, un nudo en la garganta de acongojante alegría se lo impedía.

-¿Qué me contesta? ¿Es que no quiere verme por allí como antes todos los días?... Ja, ja, ja… Me lo figuraba. No quiere perder su independencia.

-No, ¡por Dios! No pienses eso. No sabes la alegría que me das.

-Y por cierto doña Amalia, no vaya a decirme que no quiere cobrarme el alquiler. No lo pago yo, lo paga mi empresa y tendría que hacerlo en otro lugar que a mi me gustaría mucho menos… Entonces… ¿está de acuerdo?

-Por supuesto, Luis. Por supuesto.

-Pues vaya abriendo de par en par el balcón del despacho. El viernes tomo posesión.

-¿Que llegas pasado mañana?

-Eso he dicho. Hasta pasado mañana.

-Hasta pasado mañana ¡ángel mío!

Luis llegaba todos los días al despacho a las nueve de la mañana. Venía cargado con dos raciones de churros para desayunar con Amalia.

-Buenos días. ¡Que bien huele el cafelito! Y usted también Doña Amalia -dijo Luis, dando un beso a Amalia a un lado del cuello.

-Buenos días, hijo.

-¿Se da usted cuenta porqué quería venirme a Madrid?... por los churros, doña Amalia, por los churros, ja, ja, ja…

Luis recibía a clientes en el despacho en contadas ocasiones; sólo entonces corría discretamente las hermosas puertas de cristal emplomado para cerrarlo. Por otra parte salía y entraba, como Rafael, a sus asuntos.

-Doña Amalia, ya me marcho -dijo entrando en el salón a despedirse y dando un cariñoso beso a su patrona.

-Hasta mañana, hijo. Cierra el balcón antes de marcharte, esta noche va a refrescar.

-Hasta mañana, pues. Ya lo cierro.

Amalia, sentada en la mecedora de su abuela, se tapó las piernas con la mantita malva de cachemira que acababa de darse el lujo de comprar. Pasó su mano por ella apreciando su tacto suave y sedoso, invadida por una sensación de bienestar pleno que identificó con otras que ya había sentido entes en su larga vida. Pensó que era un error creer que felicidad y juventud han de estar, indefectiblemente, ligadas. Tomó del platillo de porcelana que había sobre la camilla una pastita de fresa en forma de corazón de Embassy, se caló las gafas y se dispuso a darse el lujo de leer, bajo la luz de la lámpara, el último capítulo de *Guerra y Paz*.

El reflejo

Elvira Ramos

Es duro usar estas palabras, precisamente hoy.

Dentro de poco sabrás eso que jamás quise compartir contigo, ni siquiera los días que, estremecida entre tus brazos, una y otra vez me pedías que lo hiciera.

Era un día raro, uno de esos de cumpleaños de amiga, en los que nada más salir de casa, sabes que está a punto de suceder un hecho memorable.

Un hombre abandonado me dijo por teléfono lo mucho que aún me quería. Un muchacho en busca de sí mismo y con polvo blanco entre las uñas, me robó un sombrero azul que yo había hurtado previamente. Tú, tú apareciste de la nada, por detrás de aquel piano, donde tocaban la melodía de "Ojos verdes" que desde entonces escucho todas las semanas, clavando tu mirada en la mía fijamente y susurrándome al oído que me protegerías de los malos que andaban a mi alrededor.

En ese momento ya tendría que haberme percatado de que yo nunca he sido una princesa de cuento, que los dragones casi siempre viven cerca de mazmorras, y que los príncipes, hacía tiempo que habían dejado de gustarme.

Tendría que haberme dado cuenta de que si te *lo* contaba, sería mi perdición, sería como caer en una trampa de cazador cazado, que son las que más duelen. Las que estás toda la vida evitando y de las que, al final, tonto de ti, eres incapaz de mantenerte a salvo.

Cuando salimos de aquel bar, lo hicimos como si no existiera nadie más en la ciudad que entonces me miraba con tus ojos, en la ciudad que nunca volverá a ser la misma para mí. En la ciudad, en la que cuando estoy más de dos días, me invade la certeza de saber que aunque tú me lo pidieras, no regresaría.

Estuve a punto de contárte*lo* aquella noche, pero no lo hice.

Lo único que conseguí con aquello fue demorar un poco más la derrota, extender en el tiempo y el espacio lo que apenas podía vislumbrar aquella tarde que te acercaste a mí. como se acerca un zorro a su gallina. Con las babas de diablo cayendo por la comisura de los labios y esperando echar la zarpa justo en el momento en que fueran a pronunciarse las mágicas palabras que, según la literatura poética, todo el mundo quiere escuchar. Al menos una vez en la vida, de la boca del amado.

No debí guardar *el secreto* a tus oídos, hay secretos que no deben jamás esconderse entre algodones. Es mejor que den la cara, que se enfrenten a sí mismos y mantengan la dignidad de ser reconocidos.

Porque los secretos, siempre tienen claro a quien deben y tienen que ser revelados, en qué momento, en qué instante deben mirar de frente la vida y decir que están ahí, a pesar de los pesares. Aunque sepan que probablemente no, seguro, desaparecerán inmediatamente después de hacer sentir su presencia de soslayo.

Y aquí estamos, entre tú y yo solo queda el dulzor del cianuro de tus besos, la piel enervada al escuchar tu voz, el sexo queriendo ser protagonista, una vez más entre nosotros, y el silencio. Nuestro silencio.

Ahora, ahora que sabes que *lo* sé. Ahora que sabes que tu ausencia en estos días han sido gritos de dolor y de desgarro en mi cabeza. Cuando nunca pude comprender por qué me doliste de tal modo.

Por qué sigo pensando que jamás debí dejar que te marcharas, ahora, hoy, has sido mi gloria y mi desdicha.

Nunca te lo conté entero, apenas si tienes en tu poder *sorbitos de mi secreto.* Conoces de mí lo suficiente como para saber que si me quedo lo hago para siempre, pero que si me voy, nunca jamás sabrás dónde me he ido.

Así que sí, sé que sabes que nunca me has querido. Que solo fui el capricho de aquel mes en el que todo te parecía divertido, en que había más de una en tu agenda de contactos inmediatos, en que los gintonics y las copas de vino los tomabas con la otra cuando no estabas conmigo.

Así que sí, es posible que, a pesar de ello, yo también te haya dolido. Te doliera como una estaca clavada en tu piel, desgarrando tus miserias en aquella iglesia desacralizada de Toledo en la que mientras yo quería comerme tu boca, tú regalabas a otro tus besos.

Y no, no sabes lo importante, lo que hará que cuando leas esto, descifres el mapa del tesoro que te lleve hasta el castillo encantado.

Lo siento, siento que tengas que enterarte así, con palabras que se lleva el viento como se lleva el tiempo las hojas caídas de los árboles una mañana de invierno.

Lo siento, ya no puedo guardar más este secreto.

Nadie te ha querido como yo.

Nadie ha sabido comprender que eres así, que no puedes cambiar, que la única salida del abismo, es decirte a ti misma que nadie te ha querido. Que estás cansada de que todos terminen por marcharse como han venido. Por el mismo camino enrevesado en el que una vez nos encontramos tú y yo y fingimos que nos quisimos.

En fin, ya te lo digo.

No me esperes a la hora que hemos dicho, no voy a verte más, no puedo seguir mintiendo de este modo. No puedo continuar esto sabiendo que durante todos esos años he sabido que me iría, que todo era mentira, que lo único que quería era jugar mi juego de sentirme deseada y protegida.

Es duro usar estas palabras, precisamente hoy que por fin quiero que lo sepas, o eso creo.

Es duro, porque estás a punto de vestirte de blanco y de jurar amor eterno.

Y querida, el amor eterno no existe, hacer el amor contigo no vale nada sabiendo que es a otra a quien deseas, y además, es posible que este secreto, fueses tú la única, que aún no lo supiera.

Ya sabes el secreto, pero no he sido yo la que te lo ha dicho, ha sido tu reflejo, desde el otro lado del espejo.

Antonia Bocero, escritora y crítica de arte, concibe la literatura como parte indisoluble de su mundo interior. En 1996 comienza a publicar sus primeros trabajos en los diarios La Crónica, Ideal, El Siglo de Almería, Diario de Andalucía o La Voz de Almería.

En los relatos que presenta en "La piel del secreto" espera haber sabido transmitir al lector que las ideas y las palabras que les dan cuerpo han sido extraídas del secreto lugar donde nos habitan las emociones más queridas.

Como narradora tiene publicados diversos trabajos, entre ellos las series "De aquellas mujeres" (seis entregas) y "Cuaderno de viaje" (25 entregas) ambas en el diario *La Voz de Almería.*

En 1999 presenta "Camino a Sérifos" (IEA), libro que comprende los poemarios "El cubil de los sueños" y "Las locuras tienen cien días", y que en palabras de diego Granados, es "de una belleza extraña: desde la construcción gramatical a las licencias métricas, atravesando la estética de los conceptos, todo es inusitado, por lo menos para mí, y de una sorprendente y difícil comprensión que se agudiza -este es su máximo valor- conforme nos adentramos en su lectura". Su tercer poemario, "Ángel de Guerra" (Ed.: Vitruvio 2010), es para Francisco Domene un libro "inquietante, en el sentido bueno, en el sentido de creer en esa necesidad estilística y conceptual de que el verso debe resultar como poco amenazador, tanto para el que lo escribe como para el que lo lee". Su último poemario, "Las tres ramas", está pendiente de publicación. Su obra poética se recoge en diversas antologías y revistas, y la ha dado a conocer en diferentes recitales.

De entre sus publicaciones relacionadas con las artes plásticas señalar el libro "Creación y Trayectoria del Grupo Indaliano" (Arráez Editores 2009), y su participación en los libros: "ALBIAC

2006" (Junta de Andalucía), "Color del Sur" (Caja Granada, Obra Social, 2006), "Migraciones. Trenzando palabras" (Ed.: Universidad de Almería 2009), "Vanguardias almerienses SS. XIX-XX" (Junta de Andalucía 2009), "Miguel Cantón Checa Antología" (Caja Granada, 2003); o en la Revista de divulgación científica "Axarquía" (2007 y 2009). Asimismo, y como resultado de esta actividad, ha impartido diversas conferencias y es autora de numerosos textos para catálogo.

Ha comisariado exposiciones para Caja Granada o la Junta de Andalucía; ha coordinado eventos como el de "ARTEfama: I Feria Internacional de Arte Contemporáneo" (Almería 2005), y desde mediados de los noventa colabora en *La Voz de Almería*, diario que recoge la mayor parte de sus trabajos como articulista.

Pedro Gollonet Carnicero. Inspector de Hacienda del Estado y Profesor de Derecho Financiero y Tributario. Ha desempeñado diversos puestos de responsabilidad en la organización del Ministerio de Economía y Hacienda y es autor de numerosas publicaciones en materia de Derecho Tributario.

Títulos de poesía: "Sueños para otro día", "Genciana azul oscuro", "Todos los segundos" y su último poemario "Extraños" -Almed, 2011-, en el que en un viaje al interior del alma del poeta muestra su íntimo extrañamiento, a través de estancias tales que el tiempo, el ocaso personal, el desamor, la existencia, el deseo, la enfermedad, el desencanto social y la muerte como tragedia inevitable, mostrándonos sin aspavientos el desgarro del alma en la decepción e incomprensión hacia una sociedad profundamente adormecida.

Su obra poética ha quedado recogida en diversas Antologías, entre las que, más recientemente, pueden destacarse "Poetas Andaluces de Ahora" -Córdoba, 2011-. "Poiesis Hispanoamericana". "Antología de Poesía Contemporánea" -Lima, 2012-, y "Una Mirada al Sur" –Buenos Aires, 2012-.

Es asiduo colaborador de Revistas literarias, entre las que cabe citar "El Alambique", "La Cobaya", "Extramuros" y "The Barcelona Review", entre otras, y esporádicamente se asoma a las páginas de la prensa escrita para dejarnos su siempre comprometida opinión sobre las más variadas temáticas.

Ha participado en numerosos recitales y lecturas poéticas: Libertad8 -Madrid-, Fundación Jale Cultura Marbella, Mediateca Francisco Ayala de Granada, Ferias del Libro de Granada" y Sevilla, Ateneo de Madrid, Museo Casa de los Tiros de Granada, III Recital Internacional Antología Poetas siglo XXI… Es miembro de la Asociación de Escritores y Artistas Españoles y de la Red Mundial de Escritores en Español.

En "El olor del silencio" el autor granadino se adentra en el relato sin abandonar su profundo sentido poético a través de su visión del mundo y de las cosas con una sinceridad, intimismo y tierna crudeza que sorprenden -acostumbrados a tanta impostura y banalidad sin emoción, en palabras del crítico y escritor Jaime Alejandre-, con un excelente trato del lenguaje y un emocionado afecto hacia los personajes y vidas que retrata.

Antonio Guerrero colecciona miradas, entre otras cosas. Prefiere las miradas zurdas antes que las diestras. Nació en Huelva en 1971 y reside en Almería. Aunque estudió relaciones laborales, desde hace unos años es estudiante de Filosofía. Ha publicado: "La mentira zurda. Cuentos de Joseph Landowski" con el IEA. También ha formado parte de varias antologías y ha obtenido premio en diferentes concursos literarios. En la actualidad sigue colaborando con diferentes entidades y gestionando el blog: lamiradazurda.blogspot.com

Colaboraciones.
Revista impresa Clarín.
Revista impresa Calicanto.
Revista digital Madrid en Marco.
Revista digital alteridad.
Revista digital Poe+.
Televisiondebaleares.tv
Revista digital Elcoloquiodelosperros.net
Revista digital Agora. Papeles de arte dramático.
Revista digital Resonancias.org.
Cadena Indal. (Televisión)

Publicaciones.

La mentira zurda. Cuentos de Joseph Landowski. (Editorial: instituto de estudios almerienses). 2011.

Antologías.

"Bocados Sabrosos". Acen ediciones. 2011. (Castellón)
"Relatos Urbanos". Ecu ediciones. 2011. (Alicante)
"A cuento de Almería". Lagarto editores 2009. (El Ejido)
"Almería: Autores del crimen." Circulo Rojo 2009. (El Ejido)
"Déjame salir". Círculo Rojo. 2009.
"Colección de relatos de Oria". Diputación de Almería 2008.

"Los chicos feos también quieren bailar". Lagarto ediciones. 2008.
"Agenda mágica literaria". Lagarto editores. 2008.
"Cuéntanos tu mensaje". Diputación de Almería. 2007.

Concursos Literarios:

Segundo premio concurso relatos Candil Radio. 2010. Almería.
"Finalista concurso relato de terror editorial Círculo Rojo 2009". Almería.
"Finalista Concurso relatos Villa de Oria 2009". Almeria.
"Segundo premio XIV y XV Concurso de relato corto Biblioteca Central de El Ejido. 2007 y 2008". Almería.
"Tercer premio Concurso de relato corto: Cuéntanos tu mensaje. 2006. Organizador Diputación de Almería."
"Primer premio Concurso de relato corto: La Gaceta del Condado. 2005. Huelva".
"Primer premio Concurso de microrelato. Año 2000. Nacional. Realizarte.com

Luz Macías nace en Madrid. Hija de padres muy lectores que la educan en el gusto por la literatura y la incorporan, desde la primera juventud, a las interesantes tertulias políticamente comprometidas, cultas y liberales, de la casa familiar.

Ha cursado derecho en la UNED.

Su primer empleo fue en el Departamento de Expansión y Producción de la Central del Banco Urquijo.

Propietaria de Estudios Musigrama de Madrid, ha trabajado y vivido en el mundo de la música más de veinte años.

Comienza su andadura literaria de la mano de Alberto Cortez, con la presentación en el Ateneo de Madrid, en noviembre de 2009, del poemario "El Grito de la Mariposa" (Ed. Carena). Actualmente se encuentra a punto de publicar un segundo poemario y una novela. Ha escrito el guión, para una película documental, sobre el histórico Batallón Alpino del Guadarrama.

Ha sido designada para representar a su Editorial, junto con Felipe Aranguren, en el Encuentro de Poetas Latino Americanos celebrado en La Casa de América en otoño de 2010.

Con motivo de la presentación de su primer libro, ha sido invitada a centros culturales y sedes de ayuntamientos de varias ciudades, así como a ser entrevistada en televisión y radio.

Ha participado en recitales y exposiciones patrocinadas por el Ayuntamiento de Madrid, como las de "El Metro de Madrid", de cuyo contenido se publicó un libro conmemorativo y en sucesivos Salones de Primavera y Otoño de la ciudad de Madrid.

Incluida en la antología poética internacional "Poetas para el Siglo XXI".

Es miembro de la Academia de Artes y Letras de San Antón, surgida de la tertulia de Gómez de la Serna.

Elvira Ramos Rivera nació en Talavera de la Reina en 1980, pero dice que es de todas las ciudades en las que ha sido feliz. El día que se licenció en Teoría de la literatura por la Universidad de Granada se acordó de Federico García Lorca, y de lo mucho que le hubiera gustado conocerle. Empezó a escribir para comprenderse y ha terminado por escribir porque no entiende nada. Colabora con varias revistas culturales en España y México. Piensa que la vida es puro teatro, que el lenguaje está para usarlo y que la identidad nos hace libres. Por lo demás, inventa poemas, se cree todas las novelas, y ensaya para ser mejor persona.

ÍNDICE

Este libro se terminó de imprimir
en Sevilla durante el mes de octubre de 2012